**Klarant Verlag**

***Marc Freund*** wuchs in Osterholz auf, direkt an der Ostseesteilküste gelegen, die schon von Kindesbeinen an eine große Faszination auf ihn ausübte. Und so spielen viele seiner Geschichten am Meer, dem er sich sehr verbunden fühlt.
Regelmäßig zieht es den Krimiautor auch auf die andere Seite der Küste – an die Nordsee. Derzeit vor allem auf die bezaubernden Inseln Langeoog und Spiekeroog, wo seine Ostfrieslandkrimis spielen.
Seit 2010 ist Marc Freund für verschiedene Verlage tätig. Daneben wurde er auch als Hörspielautor bekannt. Weit über 250 Veröffentlichungen für die unterschiedlichsten Reihen und Serien gehen bisher auf sein Konto.

**Marc Freund**

# Spiekerooger Abgründe

Ein Fall für Eden und Mattern 2

## Ostfrieslandkrimi

**Klarant Verlag**

Klarant Verlag, www.klarant.de – www.ostfrieslandkrimi.de
ISBN: 978-3-96586-479-5
1. Auflage 2021
Umschlagabbildung: Klarant Verlag

Printed in the EU.

## Kapitel 1

Sie stand auf dem Gehweg vor dem einsam gelegenen Haus, ihr Blick kletterte an der Fassade hinauf bis zum Giebel. Das dreieckige Fensterglas spiegelte sich in der Sonne. Neben dem Fallrohr der Regenrinne ragte eine eiserne Stange in die Höhe, an der ein kleines Windrad befestigt war. Es erzeugte quietschende Laute, die Wiebke Eden bereits vernommen hatte, als sie zu Fuß in die Straße eingebogen war. Gute fünfzehn Meter zur rechten Seite befanden sich die Stallungen, die zum Hof gehörten. Langgezogene Ungetüme mit winzigen, staubigen Sprossenfenstern, rostfleckigen Blechdächern und Wänden aus roten Ziegeln, aus deren Fugen der vertrocknete Mörtel bröckelte.

Das geöffnete Tor entblößte eine tiefe Schwärze im Innern der Scheune, wirkte wie ein weit aufgerissenes Maul, gefräßig und lauernd. Eine Forke mit spitzen Zinken steckte in der vom Regen noch feuchten Erde vor der Tür und verhinderte, dass sie vom Wind erfasst und zugeschlagen wurde.

Bis auf das sich monoton drehende Windrad war kein einziges Geräusch zu hören. Niemand war zu sehen. Kein Hund, der über den Hof trottete, kein roter Kater, der sich faul in der Sonne räkelte, keine Hühner, die leise gackernd im Dreck scharrten. Nichts.

Eine Bewegung hinter dem Giebelfenster. Ein kurzer Eindruck nur, ein Schatten, der sich sofort wieder verflüchtigte. Und doch war die Kommissarin sicher, dass dort jemand gestanden und auf sie herabgestarrt hatte. Wer immer es gewesen war, jetzt war er verschwunden. Die Scheibe enthielt nur noch Sonnenlicht, das in den Augen schmerzte, wenn man zu lange hinsah.

Wiebke Eden wandte ihren Blick ab, gab sich einen Ruck und setzte sich in Bewegung, über ausgetretene Betonplatten hinweg, von denen fast jede zweite leicht kippelte.

Die Haustür bestand vorwiegend aus Glas, von zwei hölzernen Leisten durchzogen, die ein V bildeten und von denen jegliche Farbe längst abgeblättert war. Die eiserne Klinke war durch die jahrzehntelange Benutzung abgewetzt und hing traurig herunter.

Ein Klingelknopf neben der Tür. Kein Namensschild darunter. Wiebke wusste auch so, wer hier wohnte.

Sein letztes Opfer. Natascha Lürsen. Die Einzige, die überlebt hatte. Wiebke selbst hatte sie aus seiner Umklammerung gerettet. In der Nacht auf dem verlassenen Getreidesilo, als Heller drauf und dran gewesen war, sich mit seiner Geisel in den Tod zu stürzen.

Ein Schauer rieselte über Wiebkes Rücken. Das war nicht nur der aufkommende, leicht kühle Wind, der ihr Oberteil erfasste und es flattern ließ. Die wahre Kälte, der wahre Schrecken steckten unter ihrer Haut und wurden intensiver, wann immer sich die Erinnerungen ungefragt in den Vordergrund drängten.

Sie atmete tief durch und betätigte den Klingelknopf.

In einiger Entfernung schlug das Scheunentor hart gegen die festgesteckte Forke. *Klack.* Schwang zurück, nahm wieder Anlauf: *Klack.*

Aus dem Innern des Wohnhauses war kein Laut zu hören, nicht einmal das Geräusch der Klingel. Es rührte sich auch nichts. Keine Schritte, keine Stimmen.

Wiebke ließ ihren Blick über das Gelände wandern. Hinter einem klaustrophobisch engen Durchgang, der zwischen dem Wohnhaus und einem weiteren Nebengebäude hindurchführte, erkannte sie die vordere Hälfte eines uralten grauen Fords, aufgebockt auf ein paar Schalungssteine. Keine Reifen, die Felgen rostig und trostlos, die Windschutzscheibe mit einem langen Riss, der bis in die rechte obere Ecke führte.

Ein Geräusch ließ Wiebke Eden herumfahren. Die Tür war geöffnet worden.

Natascha Lürsen starrte sie an. In ihren Augen lag ein seltsamer Ausdruck, so als könne sie das Bild der Kommissarin vor ihrer Tür noch nicht ganz fassen. Sie trug einen ausgeleierten Kapuzenpullover mit alten Flecken an beiden Armbündchen.

Unter ihren Brüsten wölbte sich ein kugelrunder Bauch, über den sie ihre linke Handfläche gelegt hatte. Ihre Rechte umklammerte noch immer den Türgriff.

»Moin, Frau Lürsen«, sagte die Kommissarin. Wiebke konnte sich dunkel daran erinnern, dass sich die beiden Frauen geduzt hatten, nachdem Heller gestürzt und Natascha nur knapp dem Tod entronnen war. Plötzlich jedoch hielt sie das Du nicht mehr für angemessen. Es passte nicht zu der Art, wie die andere sie gerade ansah: zweifellos überrascht, aber in ihren Blick hatte sich noch etwas anderes gestohlen. Ein Ausdruck des Unbehagens, fast schon der Abscheu. So wie sie wohl auch eine tote, pitschnasse Ratte angesehen haben würde, wenn ihr diese jemand unverhofft vor die Tür gelegt hätte.

Die Stille zwischen den beiden Frauen wurde peinlich. Wiebke Eden wollte abwarten, doch es war jetzt schon offensichtlich, dass sie die junge Frau auf der Türschwelle überfordert hatte.

Die Kommissarin zeigte mit dem Daumen ihrer rechten Hand über ihre Schulter, deutete irgendwo Richtung Straße.

»Ich war gerade in der Nähe und dachte mir, ich schaue mal bei Ihnen vorbei.«

Das war eine glatte Lüge. Die Wahrheit sah folgendermaßen aus: Sie hatte seit Hellers Sturz vom Silo, den er aus ebenso unerfindlichen wie makabren Gründen überlebt hatte, seitdem er im Klinikum Bremen-Mitte dahinvegetierte, angeschlossen an eine Beatmungsmaschine, mehr schlaflose Nächte erlebt, als ihr lieb war. Und auch die Albträume, besonders jene, in denen es Heller im letzten Augenblick gelang, ihr Handgelenk zu packen und sie mit in die Tiefe zu reißen, bereiteten ihr zunehmend Probleme, von denen unkontrollierte Panikattacken und Schweißausbrüche noch die geringsten waren.

Mit ihrer Versetzung auf die Insel Spiekeroog hatte sich all das ändern sollen. Und tatsächlich war sie guter Dinge dorthin gegangen, hatte sogar ein kleines Haus zur Miete gefunden. Alles schien perfekt. Bis zu dem späten Telefonanruf auf dem uralten Festnetztelefon. Wiebke wusste, dass es unmöglich

Hellers Stimme gewesen sein konnte, und doch würde sie dies jederzeit beschwören.

*»Hier ist Heller. Ich hoffe, du hast mich nicht vergessen!«*

Wiebke erinnerte sich daran, wie ihre linke Hand den Hörer umklammert hatte, als ob ihr Leben davon abhing.

»Was soll das? Wer ist da?«

Keine Antwort. Nur ein leises Knacken in der Leitung und eine Ahnung davon, dass am anderen Ende jemand ins Sprechmikrofon atmete und abwartete.

»Falls das ein Scherz sein soll«, hatte sie dann gesagt, »bin ich dafür leider nicht aufgelegt.«

Wieder ein Knacken, danach ein Besetztzeichen. Der Anrufer hatte die Verbindung getrennt.

Es gab Momente in den vergangenen Tagen, in denen sich Wiebke gefragt hatte, ob dieser Anruf tatsächlich stattgefunden hatte. Mehrmals war sie kurz davor gewesen, ihren Telefonanbieter zu kontaktieren, um die Verbindung zurückverfolgen zu lassen, zur Not sogar aufgrund einer polizeilichen Anordnung.

Was aber, wenn sich tatsächlich nur jemand einen Scherz erlaubt hatte? Einen von der ganz billigen Sorte. Vielleicht einer ihrer alten Kollegen aus Bremen.

Nein, dachte sie. Jeder dort hatte mitbekommen, wie dreckig es ihr nach vorläufigem Abschluss des Falles Heller gegangen war. Der Mann, der drei Frauen auf dem Gewissen hatte. Der Mann, der seine Opfer entführt, tagelang missbraucht und schließlich in einem Waldstück in der Nähe der Weser abgelegt hatte.

Eine lange Kette von Hinweisen und Indizien, darunter der einzelne Abdruck eines Gummistiefels an der nassen Uferböschung und Hautreste unter den Fingernägeln des dritten Opfers, hatten schließlich zu Heller und seinem Unterschlupf geführt. Eine stillgelegte Etikettendruckerei am Rande eines ehemaligen Gewerbegebiets.

Das Ganze war jetzt schon eine Weile her. Natascha Lürsen hatte sich insgesamt sechs Tage in der Gewalt ihres Peinigers befunden. Erst nach zwei Tagen war sie überhaupt erst als vermisst gemeldet worden.

Wiebke Edens Blick wanderte erneut über das, was mehr schlecht als recht unter dem grauen Pullover verborgen war.

War es möglich, dass …?

»Vielleicht hätten Sie besser vorher angerufen.« Nataschas Stimme klang trocken, monoton, beinahe vollkommen emotionslos. Sie fügte sich ideal in das Gesamtbild, wie zum Beispiel den toten Blick der Frau, aus dem jeglicher Glanz gewichen war.

»Darf ich trotzdem reinkommen?«, fragte die Kommissarin.

Sekunden verstrichen. Augenblicke der Stille.

Das Scheunentor schlug gegen die Forke und schwang leise wieder Richtung Wand zurück.

Natascha Lürsen schien ihre ablehnende Haltung aufzugeben. Ihre Schultern sackten herunter und ihre Mundwinkel erschlafften, als sie einen Schritt beiseitetrat.

Im Innern herrschten seltsam diffuse Lichtverhältnisse.

Die Schwangere führte die Kommissarin durch einen dunklen Flur. Vorbei am Durchgang zur Küche.

Für eine Sekunde oder zwei nahm Wiebke den Geruch von ranzigem Fett wahr.

Die Tür zum Wohnzimmer stand offen. Die Rollos waren halb heruntergelassen. Die grauen Gardinen waren ein gutes Stück zu lang, sie standen auf den Fensterbänken und hatten sich in ein paar Kakteen verfangen.

Als Wiebke über die Schwelle trat, blickte sie ein stämmiger blonder Mann mit geröteter Gesichtsfarbe an. Er hockte auf dem Teppich und schob mit seiner Zunge einen Zahnstocher von einem Mundwinkel zum anderen, während er dabei war, eine schlichte, in Himmelblau gefertigte Kommode aus dem Versandhandel zusammenzuschrauben.

»Sie kennen meinen Bruder?«, fragte Natascha Lürsen in die sich wieder in den Vordergrund drängende Stille hinein. Sie befand sich in der Nähe des Durchgangs zum Nebenzimmer, dessen Tür sie leise knarrend schloss.

Wiebke Eden nickte. »Ja, wir sind uns kurz begegnet«, antwortete sie, ohne näher auszuführen, bei welcher Gelegenheit das passiert war. Alle im Raum wussten es. Dann nickte sie auch dem Mann am Boden zu.

Benno Lürsen nickte mit zusammengezogenen Brauen. Dabei zwirbelte er den feucht gewordenen Zahnstocher zwischen seinen Zähnen und machte sich gleich wieder an die Arbeit.

»Möchten Sie vielleicht etwas trinken? Einen Kaffee?«

Natascha Lürsen wirkte unbeholfen, bewegte sich in die Mitte des beengten Wohnzimmers und deutete auf einen Fernsehsessel aus Lederimitat, über dessen Sitzfläche eine Wolldecke gebreitet war.

Wiebke Eden schüttelte den Kopf, als sie sich setzte.

Die Schwangere zuckte ansatzweise mit ihren rundlichen Schultern, strich sich eine Haarsträhne aus der Stirn und ließ sich dann vorsichtig auf einer Ecke der Couch nieder.

»Wie kann ich Ihnen helfen?«, fragte sie. »Oder sind Sie nur gekommen, um zu sehen, wie es mir geht?«

Die Kommissarin hatte viel überlegt, was diesen Punkt betraf. Sie hatte sich das eine oder andere zurechtgelegt, nur um dann am Ende alles wieder zu verwerfen und von Neuem zu beginnen. Hätte sie Natascha von dem unheimlichen Anruf erzählen sollen? Hätte sie sie fragen sollen, ob sich Hellers Stimme auch bei ihr gemeldet hatte? Welchen Eindruck hätte das auf die junge, vermutlich noch immer traumatisierte Frau gemacht?

»Vielleicht wollte ich mich einfach nur davon überzeugen, dass Sie wieder zurück ins normale Leben gefunden haben«, antwortete sie schließlich und spürte dabei, wie ihr der Versuch eines Lächelns misslang.

Natascha Lürsen drehte den Kopf, als versuche ihr Blick, das Grau der Gardinen zu durchdringen. »Ich bin noch immer in Behandlung bei einem Psychodoktor. Und wenn ich ihn richtig verstanden habe, wird das auch noch eine ganze Weile so gehen.« Sie legte ihre Hände über ihren Bauch. »Ansonsten versuche ich, klarzukommen. Mit allem.«

Der Mann auf dem Teppich warf den beiden Frauen einen kurzen Blick zu, bevor er die Kommode aufstellte, um im nächsten Schritt seiner auseinandergefalteten Anleitung die Schubladen einzusetzen.

»Wie kommen Sie beide mit dem Hof Ihrer Eltern zurecht?«, fragte die Kommissarin.

Ein flüchtiger Blick auf den Bauch der Schwangeren.

»Es wird schon gehen«, antwortete Natascha. »Benno hat jemanden gefunden, der uns mit der Ernte helfen kann. Und dann sehen wir weiter. Irgendwann bin ich ja auch wieder einsatzfähig.«

Kein Wort über einen möglichen Freund, Verlobten oder was auch immer. In welchem Monat mochte sich Natascha Lürsen befinden? Im sechsten, siebten oder achten? Das war schwer zu beurteilen. Zeitlich gesehen passte es allerdings, dass Marko Heller der Vater ihres Kindes sein konnte. Wiebke wartete noch einen Moment ab, ob die Schwangere noch ein Wort darüber verlieren würde. Das war allerdings nicht der Fall.

Ihr Gespräch verflachte rasch, und Wiebke Eden begann mehr und mehr, sich nicht nur fehl am Platz, sondern regelrecht unwohl zu fühlen. Die Enge des Raums, die schlechte Luft, Benno Lürsens Hantieren mit dem Schraubendreher, das Auf-und-ab-Tanzen des Zahnstochers zwischen seinen zusammengepressten Lippen, seine Blicke – das alles schlug ihr auf den Magen, nahm ihr die Luft zum Atmen.

Wieder zwang sie sich zu einem Lächeln, breitete kurz die Arme aus und erhob sich aus dem Sessel. Beteuerte, nicht länger stören zu wollen. Denn genau das tat sie. Sie spürte es mit jeder Faser ihres Körpers. Und Natascha Lürsen dementierte es nicht.

Schwerfällig erhob sich die junge Frau von der Couch und begleitete die Kommissarin zur Tür.

Wiebke Eden drehte sich noch einmal um, als würde sie dem Raum und seinen Bewohnern einen allerletzten Abschiedsblick zuwerfen.

Benno Lürsen hatte sich inzwischen erhoben, setzte soeben die obere der drei kleinen Schubladen ein, ruckelte sie zurecht, bis sie sich in den Rahmen fügte. Er hob den Kopf. In seinem Blick lag ein seltsamer Ausdruck. Der Zahnstocher stand still, war auf die Beamtin gerichtet wie ein Pfeil. Scheinbar widerwillig ließ sich der Mann zu einem Nicken herab.

Die Kommissarin erwiderte es, verharrte einen Moment auf der Türschwelle, bevor sie sich umdrehte und den Raum verließ. Ihr Weggang kam einer Flucht gleich.

Nachdem Natascha Lürsen sie genauso emotionslos verabschiedet hatte, wie sie auch empfangen worden war, trat Wiebke Eden ins Freie, zurück ins Sonnenlicht.

Sie machte ein paar Schritte und blieb stirnrunzelnd stehen. Etwas beunruhigte sie. Ein Gedanke. Ein Eindruck. Sie versuchte, ihn zu fassen, versuchte herauszufinden, was genau es war, das sie beschäftigte.

Und plötzlich hatte sie es.

*Die Tür.*

Die Tür zum Nebenzimmer. Natascha Lürsen hatte sie geschlossen, bevor sie sich setzten. Als Wiebke gegangen war, sich noch einmal umgedreht hatte, war sie wieder einen Spaltbreit offen gewesen. Genau so weit, um von der anderen Seite ins Wohnzimmer hineinzuspähen, aber nicht umgekehrt.

Ein Zufall? Vielleicht war die Tür nicht richtig geschlossen gewesen und war wieder aufgesprungen. Durch Zugluft vielleicht oder …

Oder durch jemanden, der sich außerdem noch im Haus befand und nicht gesehen werden wollte.

Ruckartig drehte sich Wiebke Eden herum.

Aber da war nichts. Niemand.

Nur das Scheunentor, das in diesem Augenblick gegen die Forke schwang.

*Klack!*

## Kapitel 2

»Entschuldigung?«

Der Mann mit dem Sonnenhut, welcher seine Wirkung offenbar verfehlt hatte, denn die Nase seines Besitzers war feuerrot und begann sich zu pellen, beugte sich ungelenk nach vorn und hob dabei die rechte Hand leicht nach oben.

»Entschuldigung? Falls Sie mich nicht mehr brauchen sollten, würde ich ganz gerne gehen. Meine Frau wartet da drüben. Sie hat ihre Mutter schon mit unseren Kindern zurück zum Hotel geschickt, und wenn ich ehrlich bin, so langsam …«

Hinrich Mattern hörte nicht mehr zu. Der Inselkommissar blickte auf die Frau herunter, die im Dünensand lag, als hätte sie sich schutzsuchend in den weichen Untergrund gedrückt, um die ersten Sonnenstrahlen zu genießen.

Nur dass es zugleich auch ihre letzten gewesen waren.

Das geblümte Sommerkleid, dessen Saum vom Wind immer wieder bis zu ihren nackten Schenkeln hinaufgeweht wurde, zeigte an mehreren Stellen rostrote Flecken. Brust, Bauch, Unterleib. Mattern zählte sieben Wunden, vermutlich mit einem Messer zugefügt. Näheres würden die Kollegen vom Festland herausfinden, wenn die gerichtsmedizinische Untersuchung vonstattenging. Was schätzungsweise in gut zwei Stunden passieren würde.

»Entschuldigung?« Der Badetourist, ein Mann aus dem Saarland, hatte seine ohnehin schon hohe Stimme noch um zwei oder drei Halbtöne erhoben.

»Na gehen Sie schon«, sagte Mattern, ohne sich umzudrehen. Es folgte eine unwirsche Handbewegung, die geeignet gewesen wäre, um ein lästiges Insekt zu verscheuchen.

Der Urlauber brummte etwas Unverständliches in seinem Landesdialekt. Gleich darauf entfernten sich seine Schritte durch den Sand.

Es ging auf acht Uhr dreißig zu.

Die Insel war längst erwacht. Die ersten Strandkörbe waren besiedelt, die ersten Badelaken ausgebreitet, das erste Sonnenöl war verrieben und eingezogen, die ersten mehr oder weniger mutigen Schwimmer trauten sich mehr oder weniger weit in die an diesem Morgen lebhaften Wellen.

Sie war schön, diese Frau. Mattern hatte keine Skrupel, das zuzugeben, ganz heimlich, für sich allein. Sie hatte etwas Exotisches, zumindest wirkte sie so auf ihn, mit ihrem Make-up, ihrem schwarzen Haar und den beiden roten Schleifen darin. Eine davon hatte sich halb gelöst und wurde hin und wieder vom Seewind mit einer Strähne über das porzellanartige Gesicht geweht.

Als Mattern sich nach dem eleganten schwarzen Handtäschchen bückte, das keinen Meter entfernt im Sand lag, tauchte seitlich der Düne ein Schatten auf.

»Moin, Mattern!«

Wiebke Eden kam näher, stapfte durch den Sand, der von dieser Stelle an immer tiefer wurde und dessen Betreten für Besucher jeder Art verboten war. Es sei denn natürlich …

Die neue Kommissarin hielt ihrem altgedienten Kollegen einen Pappbecher hin, durch dessen Verschluss feiner Dampf kräuselte. »Wollen Sie?«

»Sie immer mit Ihrem Kaffee«, antwortete Mattern und streckte mechanisch seine rechte Hand nach dem Becher aus.

Wiebke trat an ihre Seite.

»Ist das heute Morgen passiert?«

»Schätze ich«, gab Mattern zurück und nippte vorsichtig an seinem Becher. »Der Körper ist kalt. Aber noch keine Leichenstarre. Vielleicht kurz vor Morgengrauen.«

»Wer hat sie gefunden?«

»Ein Badegast. Auf dem Weg zum Brötchenholen. Hab ihn grade weggeschickt.«

Mattern zog ein nicht mehr ganz so sauberes Leinentaschentuch aus seiner Cordhose, wickelte es sich um seine rechte Hand und öffnete damit vorsichtig den Verschluss der kleinen, mit Strasssteinen besetzten Tasche. Mit spitzen Fingern kramte er darin herum, bis er eine Plastikkarte herausbefördert hatte. Er hielt sie am äußersten Rand und streckte sie ein Stück weit von sich weg.

»Rena Heitkamp, Wittdün acht.« Ein kurzer Blick zu seiner Kollegin. »Das ist hier auf der Insel.«

»Kannten Sie die Frau?«, fragte Wiebke, während sie zwei Schritte näher an die Tote herantrat.

»Nee!«

»Kommen Sie schon, Mattern.« Wiebke strich sich die Haare aus dem Gesicht. »Sie kennen hier doch alles und jeden. Warum nicht sie?«

Der Kommissar kramte weiter in der Tasche, hatte seine Pranke jetzt ganz darin versenkt. »Vielleicht habe ich ihr Gesicht schon mal hier auf der Insel gesehen. Aber ’ne Einheimische ist sie ganz bestimmt nicht.«

»Der Ausweis scheint noch ziemlich neu«, gab sie zu bedenken. »Vielleicht ist sie gerade erst hergezogen?«

Mattern zuckte mit den Schultern. Als er seine Hand erneut aus der Tasche zog, hielt er zwischen Daumen und Zeigefinger einen kleinen Streifen Pappe.

»Was haben Sie da?«

»Kinokarte.«

»Von hier?«

»Inselkino. Gestern Abend.«

»Welcher Film?«

»Wa?«

»In welchem Film sie gewesen ist!«

Mattern blinzelte, während er die Karte erneut in Augenschein nahm. »*Pretty Woman*.«

»Echt jetzt?« Wiebke zog die Augenbrauen hoch.

»Wieso?«

Die Polizistin versuchte erneut, ihr Haar zu bändigen. »Weil der Film schon alt ist. Wenn es der mit Julia Roberts und Richard Gere ist.«

»Keine Ahnung«, gab Mattern zurück. »Aber hier steht noch *Sondervorstellung* dabei.«

»Das erklärt einiges«, antwortete Wiebke. Sie wollte sich gerade wieder der Leiche zuwenden, als sie sich nochmals zu ihrem Kollegen umdrehte. »Sie kennen wirklich *Pretty Woman* nicht? Noch nie was davon gehört?«

Mattern zuckte mit seinen breiten Schultern. »Ich sehe schon lange kein fern mehr. Hätte gute Lust, den dämlichen Flimmerkasten abzuschaffen, bei dem Programm, was sie einem täglich vorsetzen.«

»Und Kino? Wie steht es damit?«

Mattern kratzte sich mit seiner freien Hand am Kopf. »Ich glaube, der letzte Film, den ich gesehen habe, hieß … na … *Gladiator*.«

»Sie sind seit über zwanzig Jahren nicht im Kino gewesen?«

Wiebke zuckte leicht zusammen, als Mattern ihr einen grimmigen Blick zuwarf. Sie hatte sofort das Gefühl, einen wunden Punkt getroffen zu haben, und beschloss, nicht weiter nachzubohren. Sie war ohnehin froh, dass Mattern sich an diesem Morgen, zumindest bis zu diesem Punkt, von seiner redseligen Seite gezeigt hatte.

Ihr erstes Zusammentreffen war weniger angenehm verlaufen, genauso wie die darauffolgenden. Inzwischen hatte er aber offenbar eingesehen, dass sie sich nicht so leicht abschütteln ließ. Sie war keine Klette, die man mit spitzen Fingern vom Mantel zupfen konnte. Sie war auch keine von denen, die sich von hier vergraulen ließen, so wie Mattern es mit ihren Vorgängern auf der Dienststelle gemacht hatte.

Vielleicht war Mattern wirklich müde geworden, oder er hatte einen vorübergehenden Waffenstillstand geschlossen. Ihr konnte es letztlich egal sein.

Wiebke beugte sich wieder zu der Toten hinunter, sorgsam darauf bedacht, keine möglichen Spuren zu verwischen, wenngleich der hartnäckige Wind das sicher schon längst für sie erledigt hatte.

Der Anblick war grauenerregend. Die Frau, die Tote, Rena Heitkamp, mochte etwa fünfzig Jahre alt sein, wirkte jedoch selbst in dieser grässlichen Situation noch wesentlich jünger. Auf ihrer makellosen Gesichtshaut waren einige Sandkörner haften geblieben, genau wie auf ihren rot geschminkten Lippen, die voll und zugleich geschwungen waren. Was den Gesamteindruck so ekelhaft machte, waren nicht nur die sieben tiefen Stichwunden in ihrem Körper, sondern das hässliche Mal auf ihrer Stirn.

»Haben Sie das gesehen?«, fragte Wiebke und deutete auf die Stelle unter dem Haaransatz.

Es war eine idiotische Frage, dachte sie. Natürlich hatte Mattern die vier Buchstaben längst in Augenschein genommen und entziffert: HURE.

Mit einem scharfen Gegenstand eingeritzt, vermutlich mit derselben Waffe, die sie zuvor getötet hatte. Die Buchstaben waren durch feine Blutrinnsale leicht verwischt, und auch hier hatte der Wind feinen Sand hinterlassen. Dennoch fiel die Markierung sofort ins Auge.

Es war dieses eine Wort, das Wiebke Eden tief im Innern traf. Nicht einmal so sehr die Bedeutung des Wortes, sondern die Tatsache, dass der Täter sein Opfer verspottete, es der Lächerlichkeit preisgab und es in den Schmutz zog.

Wiebke Eden hatte ihre Lippen fest aufeinandergepresst. Nachdem sie sich erhoben hatte, stand sie stocksteif am Fuß der Düne, während sich ihre Fäuste abwechselnd öffneten und schlossen.

»Ich weiß«, sagte Mattern plötzlich direkt neben ihr, »das ist eine elende Schweinerei. Hier.«

Er drückte ihr den leeren, zusammengequetschten Kaffeebecher in die Hand.

Sie beide verstummten, standen einfach für einen Moment schweigend da. Vielleicht, weil sie zur selben Zeit das Gefühl überkam, es der toten Frau schuldig zu sein.

»Wer hat ihr die Augen verschlossen?«, fragte Wiebke, und mit einem seitlichen Blick auf ihren Kollegen: »Waren Sie das?«

Mattern schüttelte den Kopf. »Nee. Und der Touri schwört, dass er die Frau nicht angerührt hat, als er beinahe über sie gestolpert ist.«

»Dann war es der Täter selbst?«, hakte die Inselpolizistin nach. »Er ritzt ihr erst dieses unsägliche Wort auf die Stirn und findet dann noch Zeit, ihr die Augen zu verschließen? Wie passt denn das zusammen?«

»Keine Ahnung«, gestand Mattern. »Ist denn das so wichtig?«

»Ich finde schon. Das Schließen der Augenlider ist für mich fast schon eine zärtliche Geste. Ein Akt der Barmherzigkeit.«

»Oder des schlechten Gewissens«, gab Mattern zu bedenken.

Nur wenig später wimmelte es an diesem Strandabschnitt der Insel von Frauen und Männern in weißen Overalls, die den Tatort absperrten und sich an die Untersuchung der wenigen vorhandenen Spuren machten.

»Immer wieder erstaunlich, wie schnell man hier überflüssig wird«, bemerkte Mattern, als sie Seite an Seite durch den hohen Sand stapften, in Richtung des Ortskerns, wo ihre Fahrräder standen. Das von Mattern war im Wind umgefallen. Achtlos hob er es auf und richtete mit einer kraftvollen Bewegung den leicht verzogenen Lenker.

»Wie geht es jetzt weiter?«, fragte Wiebke.

Mattern ließ seinen Blick über den Badestrand schweifen, der sich bereits merklich gefüllt hatte. Ein Meer aus bunten Strandkörben, Badehandtüchern und dazwischen glänzende Leiber im Sand und im Wasser. Bis hierher drang das Geräusch der Stimmen hinauf. Die gelegentlichen Rufe, das Lachen, hin und wieder das Bellen eines Vierbeiners vom benachbarten Hundestrand.

Gerade als Wiebke ihre Frage wiederholen wollte, antwortete ihr Kollege: »Die Untersuchungen sind angeleiert. Wir bekommen Bescheid, sobald die Leute erste Ergebnisse haben.«

Er benutzte nie oder nur selten das Wort *Kollegen*, dachte Wiebke. Was vielleicht daran liegen mochte, dass er am liebsten allein arbeitete, weil er es so gewohnt war und weil Mattern nicht unbedingt zu den geselligsten Typen gehörte.

»Ich schätze, wir sollten mal bei der Meldeadresse der Frau vorbeisehen. Möglich, dass wir Angehörige benachrichtigen müssen.«

»In Ordnung«, antwortete Wiebke und zog die Schultern hoch. Jemandem sagen zu müssen, dass seine Frau, Schwester, Tochter oder was immer sie auch gewesen war, nicht mehr am Leben war, dass sie zudem auf so eine bestialische Weise aus der Welt geschieden war, gehörte mit Abstand zu den schlimmsten Momenten, die dieser Beruf mit sich brachte.

Und dieses Mal wartete obendrein auch noch eine kuriose Überraschung auf sie.

## Kapitel 3

Das Inselhaus befand sich am Ende der Straße, in der Nähe der katholischen Kirche St. Peter, ein Gotteshaus, das erst 1970 errichtet worden war und durch seine auffällige, zeltartige Holzkonstruktion bestach.

Die Villa selbst war ein beinahe ebenso auffälliges, weiß getünchtes Gebäude, das von dichten Lorbeerhecken umgeben war. Unter einem kunstvoll geschmiedeten Torbogen, der sorgsam vom rankenden Grün freigeschnitten war, befand sich eine verschlossene Eisenpforte. Sie bestand aus ineinander verschlungenen Rosenblättern und dazugehörigen Ranken, die es kaum zuließen, einen Blick hindurch auf das dahinterliegende Grundstück zu werfen.

Mattern rüttelte vergeblich an der mattschwarzen Klinke. Er sah sich mit leicht verwirrtem Blick um, entdeckte am rechten Torpfeiler einen dezenten Klingelknopf und begrub ihn im selben Augenblick unter seinem Daumen.

»Sind Sie schon mal hier gewesen?«, fragte Wiebke Eden, als sich auf das Klingeln hin nichts rührte.

Mattern schüttelte den Kopf, ohne sie dabei anzusehen. Die Kommissarin hatte Glück, diese Geste überhaupt mitbekommen zu haben.

»Hab nur von dem Mann gehört, der hier eigentlich wohnt«, ergänzte Mattern nach einer Weile und während er ein zweites Mal klingelte. Jetzt hielt er seinen Daumen etwas länger auf dem Knopf, als es eigentlich notwendig gewesen wäre.

Wiebke blickte suchend umher, fand aber nirgendwo ein Namensschild. »Und wer, bitteschön, wohnt hier, von der Toten mal abgesehen?«

»Ein zugereister Geschäftsmann«, kam es von Mattern zurück. »Das hier ist vermutlich sein Zweitwohnsitz. Bin ihm noch nie persönlich begegnet.«

Die Inselpolizistin wollte gerade etwas erwidern, als aus dem dezenten Lautsprecher im linken Torpfeiler zunächst ein leises Knacken und schließlich eine weibliche Stimme ertönte.

»Ja, bitte?«

Mattern beugte sich leicht vornüber. »Hauptkommissar Mattern. Ich würde gerne mit Herrn Lackmann sprechen. Ist er da?«

»Einen Augenblick, bitte.«

Die Stimme verabschiedete sich mit einem erneuten Knacken und wurde abgelöst durch das elektrische Summen der Pforte.

Mattern packte zu und drückte sie nach innen auf. Einer der Augenblicke, in denen er keine Notiz von seiner neuen Kollegin zu nehmen schien. Er schlurfte als Erster durch das Tor und betrat mit seinen abgewetzten Schuhen einen mit feinem Kies bestreuten Weg, der durch den Vorgarten auf das Haus zuführte.

Die Villa lag in ein Meer aus Grün gebettet. Ein auf wenige Millimeter heruntergeschnittener Rasen, sorgsam gestutzte Zierpflanzen und satte, orangefarbene Rosen, die sich an einem Rankgitter an der weiß getünchten Hauswand hinaufschlängelten.

Zu beiden Seiten der Villa führten schmale, mit Steinplatten ausgelegte Wege in den rückwärtigen Bereich, der weder von der Straße aus noch von einem sonstigen Punkt des Geländes einsehbar war.

An der hinteren Ecke der linken Seitenmauer tanzte reflektiertes Sonnenlicht, das offenbar von einem größeren Pool gestreut wurde, der hinter dem Haus liegen musste. Die seichten Bewegungen des Wassers gaben der Wand den Anschein, als würde die Helligkeit darüber fließen.

Die Haustür lag im Schatten eines überdachten Eingangs, der von zwei griechisch anmutenden Säulen gestützt wurde. Sie wurde in dem Augenblick geöffnet, als die beiden Beamten die beiden Stufen erreichten, die zu einem steinernen Eingangsportal hinaufführten.

Die Frau in der Türöffnung trug ein schlichtes Kleid, das dennoch ihre weibliche Figur betonte. Ihr Haar war kurz und blondiert, mit einigen gezielt eingesetzten Strähnchen versehen, die ihr in die sonnengebräunte Stirn fielen. Ihre Augen hatten eine grünliche Einfärbung, an den Rändern zeigten sich winzige Fältchen. Auf ihrem Gesicht lag die Sorte Lächeln, die abwartend und zugleich ein wenig neugierig war.

»Herr Mattern?«, sagte sie, während sie sich von der Tür löste und ihre Hände vor ihrer Bauchmitte ineinanderlegte. Sie sah den Hauptkommissar aufgeschlossen an, hatte jedoch ihre rechte Augenbraue um einen Deut angehoben.

Der Angesprochene nickte und deutete auf Wiebke, die sich rechts hinter ihm hielt.

»Das ist meine …« Er hielt inne und blickte sich zu der Frau an seiner Seite um.

»Sagen Sie es«, flüsterte Wiebke ihm zu. »Ich weiß, dass Sie es können.«

»Meine Kollegin, Frau Eden«, murmelte Mattern in Richtung der Dame. Und schließlich, wie um diesen Punkt so schnell wie möglich hinter sich zu lassen: »Und Sie sind?«

Das Lächeln der Frau wurde ein wenig breiter. »Ich bin Ruth Falsung, die Haushälterin von Herrn Lackmann. Bitte … kommen Sie doch herein.«

Die beiden Beamten folgten ihr in eine geräumige Diele, der Fußboden ausgelegt mit schwarz marmorierten Steinplatten. Rechts neben dem Eingang wand sich eine geschwungene Treppe nach oben. Eine breite, offen stehende Glastür führte in den Wohnbereich. Das gesamte Haus wurde von Sonnenlicht durchflutet. Überall traf es auf Gegenstände, die diese Wirkung noch verstärkten: dezente Spiegel, extravagante Fotografien unter Glas und nicht zuletzt der frisch gewischte Boden. Alles war mit einem Ausdruck von Eleganz behaftet, inklusive der Porzellanminiaturen auf dem Sims eines gemauerten Kamins, der sich zur Linken befand.

»Wenn Sie uns wohl Herrn Lackmann melden würden?«, schlug Mattern vor.

Ruth Falsung nickte ihm lächelnd zu. »Schon passiert. Wenn Sie mir durch das Wohnzimmer folgen wollen?«

Die Hausangestellte ging voran, stolzierte durch das geräumige Wohnzimmer und blieb schließlich an einer angelehnten Glastür stehen, die auf die Terrasse führte.

In diesem Moment vernahmen die beiden Beamten das regelmäßige Plätschern von Wasser. Jemand zog seine Bahnen durch den Pool.

»Herr Lackmann erwartet Sie«, sagte die Angestellte, die die beiden Besucher abwechselnd ansah. »Kann ich sonst noch etwas für Sie tun? Etwas zu trinken vielleicht?«

»Nein, danke«, antwortete Wiebke Eden. Sie sah zu, wie die andere nickte, sich umwandte und im Haus verschwand, wo ihre Schritte sich mit dezenten Geräuschen entfernten.

Ronald Lackmann war jemand, dem man seinen Erfolg in der Geschäftswelt auf den ersten Blick ansah. Selbst jetzt, wo er mit kräftigen Zügen zum Beckenrand schwamm und elegant und schwungvoll die verchromte Leiter hinaufstieg.

Das Wasser perlte von seinem durchtrainierten Körper ab. Sein Lächeln war schneeweiß, als er in einen auf einer Liege am Beckenrand bereitliegenden Bademantel schlüpfte und diesen kurz oberhalb seiner Hüfte zuschnürte. Er ließ sich aufreizend viel Zeit damit, während er langsam näher trat, sich mit der rechten Hand und aufgefächerten Fingern durch sein nasses Haar strich. Im Abstand von einem guten Meter blieb er vor den beiden Beamten stehen und sah sie erwartungsvoll an.

»Die Polizei ist im Haus, sagte man mir. Darf ich fragen, worum es geht?«

Lackmann deutete auf einen runden Glastisch unterhalb eines Sonnenschirms, um den sich vier leere Korbstühle gruppierten.

Mattern ließ sich auf einem Platz in der Nähe des Pools nieder und warf Wiebke Eden einen auffordernden Blick zu. Offenbar hatte er vor, seiner jungen Kollegin vorerst das Reden zu überlassen.

Die Inselpolizistin rückte sich ihren Stuhl zurecht, beugte sich leicht vornüber und sah in Lackmanns Richtung. »Wir kommen leider in einer sehr unangenehmen Angelegenheit. Es handelt sich um Frau Rena Heitkamp.«

»Rena, ja. Was ist mit ihr? Sie hat doch hoffentlich nichts angestellt?« Lackmann grinste arglos. Er hatte sich zurückgelehnt und streckte seine nackten Beine aus, auf denen sich ein Pelz aus rotblonden Haaren kräuselte. Dabei sah er sich suchend um, als erwarte er seine Hausangestellte in der Nähe, um ihm einen kühlen Drink zu servieren.

»Herr Lackmann«, fuhr die Kommissarin in ruhigem Ton fort, »wir haben Frau Heitkamp heute Morgen bei den Dünen in der Nähe des Badestrands gefunden. Sie wurde ermordet.«

Es war, als hätte jemand das Bild eingefroren. Keine der drei um den Tisch versammelten Personen regte sich, und das für die Dauer von endlos lang erscheinenden Sekunden, die sich zäh aneinanderreihten.

Lackmanns Lächeln bröckelte wie trockener Mörtel aus den Fugenritzen der Lürsen-Scheune. Seine Mundwinkel sackten herab, bis seine Lippen einen dünnen Strich bildeten. Langsam geriet Bewegung in seinen Körper. Er legte die Hände auf die Stuhllehnen und setzte sich im Zeitlupentempo aufrecht.

»Was?«

Wiebke blieb abwartend. Sie betrachtete den Hausherrn genau. Gerne hätte sie jegliche Regungen seinerseits registriert, wenn da welche gewesen wären.

Für einen Moment saß Lackmann nur da und starrte auf die großen Glasfenster, in denen sich die Sonne spiegelte. Sein Gesicht wirkte wie eine Maske, was dahinter vorgehen mochte, blieb den beiden Beamten vorerst verborgen.

»Darf ich fragen, in welcher Verbindung Sie zu Frau Heitkamp standen?«, fuhr Wiebke fort.

Nur langsam, nach und nach, schien Lackmann aufzutauen. Seine Gesichtszüge wurden weicher, nachgiebiger.

»Rena ist … sie war …« Er brach ab, griff sich an die Stirn, als habe ihn ein heftiger Schmerz durchzuckt. Nachdem er sich gesammelt hatte, nahm Lackmann die Hand herunter. Als er Wiebke Eden ansah, war sein Blick klar.

»Frau Heitkamp war eine Freundin. Eine sehr gute Freundin.«

»Ihre Geliebte?«, schaltete sich Mattern von der Seite aus ein.

Der Mann im Bademantel faltete die Hände auseinander. »Wenn man das heute noch so nennt, bitte, ja, dann war sie meine Geliebte.« Er atmete tief ein und ließ die Luft langsam aus seinen Lungen entweichen. »Woran ist sie gestorben? Ich meine … wie ist es passiert?«

»Ihr wurden mehrere Messerstiche zugefügt«, erklärte Wiebke Eden. »Wir müssen annehmen, dass mehrere davon tödlich waren.«

Lackmann nickte. Es war nicht wirklich zu erkennen, ob sein Gesicht unter der Sonnenbräune einen Deut blasser geworden war. »Gibt es irgendwelche Hinweise darauf, wer es getan hat?«

Wiebke verneinte. »Wir haben gerade erst unsere Ermittlungen aufgenommen. Und da auf ihrem Ausweis diese Adresse angegeben war …«

Lackmann blickte auf. »Diese Adresse hier? Meine Adresse?« Er lachte. Kurz, humorlos. »Tut mir leid, aber das muss ein Irrtum sein.«

»Warum?«, fragte Mattern. Der Kommissar sah auf das Wasser des Pools, das nun eine spiegelblanke Oberfläche bildete.

»Weil dies hier mein Haus ist«, antwortete Lackmann wie selbstverständlich. »Ich lebe allein hier. Von einigen Gelegenheiten abgesehen, in denen Frau Falsung hier übernachtet.« Er legte eine Pause ein und entschied dann offenbar, dass er seine letzten Worte nicht so stehenlassen konnte. »Ich empfange oft Kunden und Geschäftsfreunde hier. Frau Falsung kümmert sich bei solchen Gelegenheiten um die Bewirtung und … schlichtweg um alles. Da es oftmals spät wird und sie dann die letzte Fähre nicht mehr bekommen würde, habe ich ihr hier ein Zimmer einrichten lassen.«

Er beugte sich weiter nach vorne. Der Korbsessel knarrte unter seinem Gewicht, das sich hauptsächlich aus Muskeln zusammensetzte. »Was ich eigentlich sagen will: Frau Heitkamp wohnt hier nicht. Jedenfalls nicht dauerhaft. Sind Sie sicher, dass die Angabe von ihrem Personalausweis stammt?«

Wiebke blickte irritiert zu Mattern hinüber, der den Eindruck machte, als hätte er wenig Interesse an der Unterhaltung.

»Wir werden das klären«, bequemte sich der Hauptkommissar endlich zu versichern.

Das schien Lackmann nicht wirklich zufriedenzustellen. Er hatte seine Stirn in Falten gelegt und strich sich mit der Hand gedankenverloren über sein bärtiges Kinn.

»Können Sie uns sagen, wann Sie Frau Heitkamp zuletzt gesehen haben?«, fragte Wiebke.

Der Hausherr hielt in seiner Bewegung inne. »Gestern Abend. Gegen neunzehn Uhr, wenn Sie es genau wissen wollen.«

»Danach nicht mehr?«

»Nein. Wie ich schon sagte.«

»Wissen Sie, ob Frau Heitkamp am gestrigen Abend eine Verabredung hatte?«

Ein kurzes Lachen. »Es wäre mir neu, dass Rena hier auf der Insel irgendwelche Verabredungen gehabt hätte, die außerhalb meines Hauses stattfanden.«

»Wir haben in ihrer Handtasche eine Kinokarte für die Abendvorstellung gefunden«, erklärte die Beamtin.

»Ach so?« Lackmann schien ehrlich überrascht. Vielleicht gehörte sein Gebaren aber auch nur zu einer Art Spiel, das Wiebke noch nicht ganz durchschaute.

»Sie haben keine Ahnung, mit wem sie dort gewesen sein könnte?«

»Nein, habe ich nicht!« Der Hausherr reagierte verärgert. »Woher wollen Sie überhaupt wissen, dass gestern Abend jemand bei ihr war? Vielleicht ist sie ja auch allein gegangen?«

»Möglich«, räumte Wiebke ein. »Auch das wird sich garantiert feststellen lassen. Können Sie uns noch mehr über Rena Heitkamp erzählen? Ich meine, etwas, das uns weiterhelfen könnte?«

»Sicher«, murrte er. »Was wollen Sie wissen?«

»Zum Beispiel, wer sie war, wie sie gelebt hat, welchen Umgang sie hatte. Freunde, Angehörige.« Wiebke Eden sah Lackmann ernst an. »Sie wissen schon: alles eben.«

Der Mann im Bademantel sah wieder um sich. Dieses Mal lag definitiv ein flehender Ausdruck in seinem Blick. Er starrte gegen die Fensterfront und hob kurz seine rechte Hand.

Es dauerte nur wenige Sekunden, bis sich helle, klappernde Schritte näherten.

Ruth Falsung trug ein Tablett vor sich her, auf dem sich drei Gläser und ein durchsichtiger Krug befanden. Letzterer war fast bis zum oberen Rand mit einer leicht trüben Flüssigkeit gefüllt, auf der eine Schicht Eiswürfel tanzte.

Die Haushälterin, die nach allem aussah, nur nicht danach, als würde sie in der Villa Lackmanns die Hausarbeit verrichten, stellte das Tablett auf dem Glastisch ab und verteilte mit geschickten Bewegungen die Gläser.

Wiebke fiel auf, dass die Fingernägel der Frau in dezentem Rot lackiert waren, und als sie sich über den Tisch beugte, wehte ein Hauch von Parfüm zwischen die Anwesenden hindurch.

»Danke, Ruth«, sagte Lackmann mechanisch. Plötzlich schien ihm ein Gedanke gekommen zu sein. Er warf den beiden Polizisten einen fahrig wirkenden Blick zu. »Darf ich es ihr sagen?«

Mattern gab ein kurzes Zeichen mit zwei Fingern seiner linken Hand, während er noch immer auf das Wasser des Pools blickte.

»Verzeihung?«, fragte die Haushälterin. »Was sagen? Ist etwas passiert?«

»Rena ist tot«, antwortete Lackmann leise.

Ruth Falsung ließ das Tablett sinken. Das Lächeln war schlagartig aus ihrem Gesicht verschwunden.

»Aber wie … wie ist denn das möglich?« Sie hatte die Frage an niemand Bestimmten gerichtet, wie es schien, denn ihr Blick irrte abwechselnd zwischen Lackmann und den beiden Ermittlern hin und her.

Wiebke Eden übernahm die Aufgabe, sie über die näheren Umstände des Mordes aufzuklären. Während sie sprach, verhärteten sich die Gesichtszüge der etwa fünfzigjährigen Angestellten mehr und mehr. Sie stand kerzengerade, das Tablett jetzt in beiden Händen haltend, leicht gegen ihren Bauch gepresst.

»Wollen Sie sich nicht setzen?«, fragte Mattern gelangweilt. Er sah die Frau skeptisch an, so als befürchte er, sie würde im nächsten Moment ohnmächtig in den Pool stürzen.

Ruth Falsung nickte geistesabwesend und griff nach der Lehne des freien Stuhls. Das Rattangeflecht schleifte leise über den teuren Terrassenboden.

»Wir waren gerade bei der Frage, wer Frau Heitkamp war und was sie zum Beispiel hier auf der Insel gemacht hat«, erinnerte Wiebke.

»Ist vielleicht besser, wenn ich die Frage beantworte«, sagte Lackmann, der nachholte, was Ruth Falsung augenscheinlich vergessen hatte: das Einschenken der Gläser.

»Ich hoffe, Sie mögen Holundereistee. Was Rena angeht: Ich lernte sie vor etwa zwei Jahren hier auf der Insel kennen. Im *Old Laramie*, während eines Konzerts von Johnny Glut.«

Wiebke blickte irritiert zu Mattern hinüber.

»Folkmusiker«, erklärte der Kommissar, »tritt gerne auf den Ostfriesischen Inseln auf und besonders gern im *Old Laramie*.«

»Alles klar«, antwortete Wiebke und fügte ein »Sorry« hinterher.

»Sie ist mir an dem Abend sofort aufgefallen«, fuhr Lackmann fort. »Wir kamen ins Gespräch, und irgendwie hat sie darüber die letzte Fähre verpasst.«

Wie praktisch, dachte Wiebke. Sie forderte den Gastgeber auf, weiterzusprechen.

»Naja, natürlich habe ich ihr angeboten, dass sie in meinem Haus übernachten kann.«

*Natürlich.*

Lackmann blickte in die Runde. »Was sie dankend angenommen hat.« Er lehnte sich wieder zurück, nahm einen Schluck Eistee und lächelte. »Bei der Gelegenheit ist irgendwie der Funke übergesprungen. Bei uns beiden. Auf diese Feststellung lege ich übrigens Wert. Sie beide trinken ja gar nichts.«

Die Kommissare sahen sich an und griffen beinahe gleichzeitig zu ihren Gläsern.

Es ging inzwischen auf Mittag zu, und das gekühlte, nur leicht gesüßte Getränk war eine willkommene Erfrischung.

»Irgendwie ist es dann dabei geblieben, dass Rena mich häufiger besucht hat. Sie blieb auch häufiger über Nacht oder auch mal übers Wochenende. Wir hatten … ja, wir hatten wohl so etwas wie eine Beziehung. Nichts richtig Festes, aber eben doch fest genug.«

»Immerhin so fest, dass Sie eifersüchtig reagieren würden, wenn sie mit jemand anderem ins Kino gegangen wäre«, warf Mattern ein. Er hatte sein Glas bereits geleert und stellte es auf den Tisch zurück. Dabei huschte der Anflug eines Lächelns über seine Lippen.

Lackmann zog die Augenbrauen zusammen. Für einen winzigen Moment schien es, als würde sich gleich sein ganzer angestauter Zorn entladen. Dann jedoch schien er sich eines Besseren zu besinnen.

»Rena hatte keine Liebhaber neben mir«, sagte er entschieden und fügte etwas überheblich hinzu: »Das hätte ich gemerkt.«

»Wo kam sie her?«, fragte Wiebke. »Was hat sie gemacht, wenn sie nicht bei Ihnen war?«

»Soweit ich weiß, stammt sie ursprünglich aus Aurich«, antwortete Lackmann. »Jedenfalls hat sie mal erzählt, dass sie da geboren wurde. Ihre Eltern leben aber beide nicht mehr. Geschwister oder sonstige Verwandte scheint sie auch nicht zu haben.«

»Scheint es nur so, oder wissen Sie es genau?«

Lackmann gestikulierte mit seinen Händen. »Sie hat nie was in dieser Richtung erwähnt, und ich habe sie auch nicht danach gefragt. Wenn ich ehrlich bin, hat es mich auch nicht sonderlich interessiert. Wenn sie hier war, haben wir uns eine coole Zeit beschert, wenn Sie verstehen, was ich damit sagen will.«

»Sex«, vermutete Mattern.

»Nicht ausschließlich«, sagte Lackmann und deutete zu seinem Haus hinüber. »Ich habe hier jede nur erdenkliche Form von Unterhaltung: Beamer, Leinwand, Pool, eine gut gefüllte Kellerbar und gleich nebenan einen Fitnessraum. Ja, gut, und ein Wasserbett.«

»Sind Sie nie zusammen ausgegangen?«, hakte Wiebke nach. »Ins Old Laramie oder woandershin?«

Lackmann zuckte mit den Schultern. »Mir steht nicht immer der Sinn danach. Ich bin die Woche über viel unterwegs, wissen Sie? Ich versuche dann wenigstens im Sommer die Wochenenden hier zu verbringen. Da habe ich wenig Lust, abends noch auszugehen. Ich hole mir dann lieber das Maß an Action, das ich brauche, hier ins Haus. Ist wesentlich bequemer.«

»Und gestern Abend?«, wollte Wiebke wissen.

»Was meinen Sie damit? Was ist mit gestern Abend?«

»Würden wir gerne von Ihnen wissen«, schaltete Mattern sich ein. Er hatte einen Fleck auf seinem rechten Hosenbein entdeckt und rieb darauf herum, was offenbar einen Großteil seiner Aufmerksamkeit vereinnahmte. »Wegen Ihrer gemeinsamen Abende hier im Haus, meine ich. So gemeinsam kann der ja nicht gewesen sein, wenn sie allein … oder mit jemand anderem … im Kino gewesen ist.«

Das halbleere Glas des Hausherrn knallte auf den Tisch, wobei ein Schwall Eistee überschwappte. In Lackmanns Augen funkelte es, während er den Hauptkommissar anstarrte.

»Worauf wollen Sie eigentlich hinaus?«

»Was ist gestern Abend los gewesen?«, fragte Mattern, der dem Blick seines Nebenmanns lässig standhielt.

»Wir haben uns gestritten.«

»Aha.«

Lackmann blinzelte wütend. »Nichts aha! Wir haben uns beim gemeinsamen Abendessen gestritten, sie ist aufgestanden und hat das Haus verlassen. Fertig, aus!«

»Sie sind ihr also nicht nochmal nach?«

»Nein, verdammt! Sie ist noch immer wieder zu mir zurückgekommen.«

»Dann kam es also häufiger vor, dass Sie beide Streit hatten?«

Lackmann schlug mit der Faust auf die Lehne seines Korbsessels. »Jetzt reicht es mir aber! Ich werde mich über Sie beschweren!«

Mattern griff kommentarlos in die Brusttasche seiner Weste und hielt Lackmann eine winzige, zerknitterte Karte hin.

»Was ist das?«, fragte der Mann im Bademantel unwirsch.

»Die Nummer meines Vorgesetzten in Wittmund. Zumindest hält er sich dafür. Können Sie anrufen, Tag und Nacht. Wenn Sie mir einen Gefallen tun wollen, rufen Sie nachts an.«

Lackmann starrte das Stück Pappe an, bis sich seine Züge wieder entspannten. »Stecken Sie das wieder ein«, sagte er und lehnte sich zurück.

Mattern hielt die Karte noch für ein paar Sekunden, bevor er sie wieder in seiner Westentasche verschwinden ließ.

»Hören Sie«, erklärte Lackmann, »ich weiß nicht, was Sie von mir oder von Rena denken, aber wir sind hier gut miteinander ausgekommen. Wir liebten das Leben, das wir hatten.«

»Haben Sie sie auch geliebt?«, fragte Mattern.

Lackmann zuckte mit den Schultern, blickte jetzt auch auf den Pool hinaus. »Ich schätze, ja.«

»Also gut«, lenkte der Kommissar ein, »Sie hatten gestern Abend Streit miteinander. Ist es relevant, worüber Sie sich gestritten haben?«

»Nein«, antwortete der Hausherr und klang dabei fast schon ein wenig gequält. »Im Grunde ging es nur darum, dass sie von mir eine Entscheidung verlangt hat.«

»Eine Entscheidung worüber?«

»Wann wir heiraten werden.«

Die Kommissare blickten Lackmann überrascht an. Er bemerkte die Blicke und zuckte wiederum mit den Schultern.

»Was wäre daran so ungewöhnlich? Rena ist ... ach verdammt! ... Sie war eine sehr attraktive Frau, selbst mit fünfzig noch.«

Wiebke Eden rollte mit den Augen. Auch das bemerkte Lackmann.

»Was? Hab ich was Falsches gesagt?«

»Attraktivität ist ja wohl keine Frage des Alters«, stellte die Kommissarin fest.

Der Hausherr hob abwehrend die Hände. »Bitte. Wie Sie wollen. Rena war also attraktiv. Und sie ... ja, sie wollte mehr als nur diese gelegentlichen Besuche. Vor einem halben Jahr etwa fing sie davon an, dass wir eigentlich auch heiraten könnten. Das würde vieles einfacher machen, sagte sie.«

»Was hat sie damit gemeint?«, hakte Wiebke nach.

»Was weiß ich? Ihr Leben, unser Leben, vermute ich. Wie man eben so etwas sagt in dieser Situation.«

»Und wie lautete Ihre Antwort?«

Lackmann rutschte im Sessel hin und her. »Um ehrlich zu sein, habe ich mich um eine Antwort herumgedrückt. Der Grund ist, ich … naja, ich bin eben ein überzeugter Junggeselle.«

Er blickte Mattern an, als erhoffe er sich von dieser Seite Unterstützung.

»Hatten Sie andere Frauen neben Rena Heitkamp?«, fragte Wiebke geradeheraus.

»Ziemlich persönliche Frage, finden Sie nicht? Aber die Antwort lautet nein. Auch wenn es im Augenblick vielleicht nicht so aussieht, bin ich ein ziemlich beschäftigter Mann. Ich leite ein exklusives Textilunternehmen. Dieses Geschäft fordert mich rund um die Uhr, da kann ich mir sowas wie Geliebte nicht leisten. Und wie gesagt: Ich … ja, ich habe Rena geliebt. Deswegen trifft mich die Nachricht von ihrem Tod sehr, was Sie hoffentlich verstehen.«

Wiebke Eden betrachtete den Mann im Korbsessel und fragte sich, wie weit seine Betroffenheit über den Tod der Frau wohl tatsächlich reichen mochte, doch Lackmann hatte sich offenbar wieder voll im Griff und ließ sich nicht in seine Karten sehen.

»Das war erstmal alles für den Moment«, erklärte Mattern und erhob sich etwas schwerfällig aus seinem Korbstuhl. Das Geflecht ächzte und knarzte.

Der Kommissar blieb vor Ruth Falsung stehen, die elegant in die Höhe kam.

»Sie haben Frau Heitkamp ebenfalls gekannt, richtig?«

Sie nickte. Ein kurzer Blick, den sie mit ihrem Arbeitgeber tauschte.

»Sind Sie gestern Abend hier im Haus gewesen?«, fragte Mattern.

»Ja. Allerdings nur bis neunzehn Uhr. Ich wollte die letzte Fähre zum Festland noch erreichen.«

Mattern nickte und gab einen grummelnden Laut von sich. »Dann haben Sie Frau Heitkamp ja gestern noch gesehen. Welchen Eindruck hatten Sie von ihr?«

»Ich verstehe nicht recht?« Die Haushälterin blinzelte den Kommissar an, ihr Lächeln wirkte unsicher.

Mattern begann, mit seinen Händen vor ihr herumzufuchteln. »Na, ich meine, wie war sie? Wie hat sie sich verhalten? War sie nervös oder gereizt? Hatten Sie vielleicht sogar den Eindruck, dass sie sich anders verhalten hat als sonst?«

»Nun, ich …« Sie brach ab. Wieder ein Blick zu Lackmann herüber, der sich in dieser Sekunde aus seinem Sessel schälte.

»Sie können mit den Beamten ruhig offen über alles reden, Ruth. Meinetwegen brauchen Sie kein Blatt vor den Mund zu nehmen.«

Sie nickte ihrem Arbeitgeber dankbar zu, bevor sie sich wieder an die Inselkommissare wandte.

»Der gestrige Streit ist mir natürlich nicht verborgen geblieben«, erklärte sie. »Ich glaube, ich war noch in der Küche beschäftigt, als es anfing. Ich habe nicht gehört, was gesprochen wurde. Nur, dass die Stimmen von Frau Heitkamp und … Herrn Lackmann lauter wurden. Ich habe den Rest erledigt und bin dann zurück ins Esszimmer, um Bescheid zu geben, dass ich gehe.«

»Hm«, machte Mattern, der nicht zufrieden wirkte. »Haben Sie Frau Heitkamp danach noch einmal gesehen?«

»Nein. Wieso fragen Sie?«

»Naja, das wäre doch immerhin möglich. Die letzte Fähre hat gestern um neunzehn Uhr fünfundzwanzig abgelegt. Die Kinovorstellung begann um zwanzig Uhr. Sie hätten Frau Heitkamp theoretisch also noch einmal begegnen können.«

Ruth Falsung sah den Kommissar ruhig an. Sie kämpfte nicht mehr mit ihrer Fassung, sie bewahrte sie sicher.

»Das wäre theoretisch möglich gewesen, Herr Kommissar. Tatsächlich aber bin ich direkt zum Fähranleger gegangen.

Und die Fähre war pünktlich. Ich bin erst heute Morgen wieder auf der Insel angekommen.«

Sie blickte den Hausherrn an.

»Das ist richtig«, beeilte sich Lackmann. »Frau Falsung war gegen neun Uhr hier, um das Frühstück vorzubereiten. Sie besitzt einen eigenen Schlüssel zum Haus.«

Mattern schwieg einen Augenblick. Seine Stirn lag in tiefen Falten. Niemand sagte etwas. Die Situation hatte etwas Bizarres, da nur das leise Glucksen des Wassers im Pool zu hören war und jeder auf die nächsten Worte des Kommissars zu warten schien.

Mattern rieb sich über sein stoppeliges Kinn, nickte nacheinander Lackmann und Frau Falsung zu. »Das war jetzt aber wirklich alles. Danke für die Auskünfte.«

»Herr Kommissar«, sagte der Hausherr hastig, »verzeihen Sie, wenn ich vorhin ein wenig zu grob zu Ihnen war. Es war nur … Sie wissen vielleicht …«

»Verstehe schon«, antwortete Mattern, »der Schock, richtig?«

»Ich war einfach nicht auf eine solche Nachricht vorbereitet. Werden Sie mich informieren, wenn es etwas Neues gibt?«

»Sicher«, antwortete Wiebke Eden an Matterns Stelle. »Sie hören von uns.«

## Kapitel 4

Die Luft über der Straße vor dem Haus flimmerte vor Hitze.

Es war Mitte Juli, und der Inselsommer zeigte sich von seiner besten Seite. Zumindest für die, die bei Temperaturen von dreißig Grad im Schatten nicht arbeiten mussten.

Mattern und Wiebke Eden hatten gerade die Gartenpforte hinter sich geschlossen, als sich vom Ortskern her zu Fuß ein Mann näherte. Seine Gestalt war genau wie der Straßenbelag von einem hellen Flirren umgeben, das sämtliche Konturen verschwimmen ließ und sie gleichzeitig zu etwas Mysteriösem machte.

In dieses Bild hinein mischte sich das Geräusch von Schritten. Der Mann war jung, sein Gang lässig. Weiße Turnschuhe, hautenge Jeans, darüber ein weißes Hemd, bis zur Brust aufgeknöpft, die Ärmel aufgekrempelt. Sein dunkles Haar hatte er straff zurückgekämmt. Darin glitzerte eine Sonnenbrille. Über seiner rechten Schulter hing eine dünne Windjacke, unter deren Kragen er lässig seinen Zeigefinger geschoben hatte.

Zielstrebig kam er näher, obwohl er gleichzeitig so wirkte, als habe er alle Zeit der Welt und als müsse sich die Welt zudem nach ihm richten.

»Beau«, sagte Mattern leise.

»Bo wer?«, fragte Wiebke.

Der Kommissar warf ihr einen kurzen Blick zu. »Französisch für Schönling.«

»Ich weiß, was ein Beau ist! Ich habe gedacht, Sie kennen ihn.«

»Nicht, dass ich wüsste.«

Der Fußgänger musste die beiden Beamten längst bemerkt haben. Er blieb vor ihnen stehen, musterte sie. Sein Blick war wach und klar. Eine tiefe, gleichmäßige Sonnenbräune überzog sein Gesicht, seine Unterarme, seine Hände, bis hin zu den kurzgeschnittenen Fingernägeln.

»Moin«, sagte er mit einem breiten Lächeln.

»Moin«, antworteten die beiden Polizisten fast lippensynchron.

Im Blick des jungen Mannes lag etwas Fragendes, dennoch schlängelte er sich durch die Beamten in Zivil hindurch, wandte sich zur Gartenpforte und klingelte zielsicher.

Mattern drehte sich um. »Wollen Sie zu Herrn Lackmann?«

Der Fremde wandte den Kopf, lächelte erneut oder noch immer. »Nein.« In seinen Augen lag ein leicht spöttischer Ausdruck.

»Dann also zu Frau Falsung«, stellte der Kommissar fest.

Der andere streckte seinen rechten Arm ein paar Zentimeter vor und ahmte mit seinem Daumen und zwei Fingern eine Pistole nach.

»Bingo«, sagte er und gleich darauf: »Sonst noch was?«

Die Pforte gab ein Summen von sich. Der junge Mann drückte sie auf und machte Anstalten, durch den Torbogen zu verschwinden.

»Einen Augenblick«, rief Mattern ihm nach. Seine Stimme klang ungewohnt scharf.

Mit hochgezogenen Augenbrauen drehte sich der Fremde leicht zur Seite. Seine rechte Hand lag dabei noch immer an den Stäben der Eisenpforte.

»Hauptkommissar Mattern. Das hier ist mein Dienstausweis und das da ist Kommissarin Eden. Ihr Name?«

»Falsung«, antwortete der junge Mann. »Michael Falsung. Meine Mutter scheinen Sie ja schon kennengelernt zu haben. Darf man fragen, ob was passiert ist?«

»Sie dürfen«, gab Mattern zurück. »Kennen Sie eine Frau namens Rena Heitkamp?«

Falsung zuckte mit den Schultern. »Klar kenne ich sie. Was ist mit ihr?«

»Sie ist tot. Sie wurde heute früh in den Dünen ermordet. Mit sieben Messerstichen ermordet.«

Die Hand des Mannes rutschte langsam am Gitterstab der Pforte entlang, bevor sie nutzlos heruntersank. Falsung löste sich nur langsam aus dem Schatten des Torbogens. Als er ihn ganz verlassen hatte, lag ein besorgter Ausdruck auf seinem Gesicht.

»Rena ist tot. Weiß es Lackmann schon?«

»Wir sind gerade hier gewesen, um es ihm zu sagen«, erklärte Wiebke.

»Und … wie hat er es aufgenommen?«

Die Kommissarin zuckte die Schultern. »Schwer zu sagen.«

»Wie nehmen Sie es auf?«, fragte Mattern.

Der Dunkelhaarige fuhr sich mit der flachen Hand über sein glattrasiertes Kinn. Er verharrte einen Moment in dieser Position.

»Es ist ein Schock, natürlich. Ich habe nicht damit gerechnet.«

»Sie haben die Frau gut gekannt, nehme ich an?«, fragte Wiebke.

»Sicher. Sie ist ja in Lackmanns Haus ein und aus gegangen. Die beiden sind … *waren* ein Paar, daraus hat keiner von ihnen einen Hehl gemacht. Und jetzt …«

Falsung schüttelte den Kopf. »Tut mir leid, aber die Nachricht kommt ziemlich plötzlich. Ich mochte sie. Gern sogar.«

»Ah ja?«, fragte Mattern, hellhörig geworden. »Wie gern war denn das?«

»Falls Sie darauf anspielen wollen, dass ich was mit ihr gehabt habe … sorry, da muss ich Sie leider enttäuschen. Nicht, dass ich sie nicht attraktiv gefunden hätte, aber … sie gehörte nun mal zu Lackmann. Und ich …«

»Was ist mit Ihnen?«

Falsung entblößte gesunde, schneeweiße Zähne, als er lächelte. »Ich gebe vom Frühjahr bis zum Herbst Surfkurse am Strand. Seit einiger Zeit machen wir auch SUP.«

»Was machen Sie?«, hakte Mattern nach. Sein Gesicht zeigte einen verständnislosen Ausdruck.

»Stand-Up-Paddling«, half Wiebke aus. »Das bedeutet …«

Mattern unterbrach sie mit einer flüchtigen Handbewegung. »Spielt keine Rolle.« Er wandte sich wieder an sein Gegenüber. »Was wollten Sie eigentlich sagen?«

Falsung blickte die flirrende Straße hinunter, bevor er den Hauptkommissar ansah. »Naja, sehen Sie mich an. Seitdem ich die Kurse leite, melden sich viel mehr Chicks wie früher an.«

»Chicks«, wiederholte Mattern.

»Frauen. Und zwar in allen Altersklassen. Und ich sage Ihnen, ich könnte jede davon haben, wenn ich wollte.« Falsung blickte zu Wiebke hinüber und fügte hinzu: »Jede.«

»Hoffentlich übernehmen Sie sich da nicht«, sagte die Kommissarin und trat entschlossen einen Schritt näher.

»Wir können's ja mal drauf ankommen lassen«, antwortete Falsung grinsend.

»Danke, keinen Bedarf.«

»Mh, sorry, das nehme ich Ihnen nicht ab.«

Wiebke Eden stemmte ihre Hände in die Hüften. »Sie sollten sich besser nicht zu sehr auf Ihre Erscheinung oder Ihre weißen Zähne verlassen.«

Sein Grinsen wurde breiter. Offenbar gefiel Falsung dieser Teil der Unterhaltung. »Sie denken, ein eifersüchtiger Ehemann könnte sie mir einschlagen, hm?«

Wiebke Eden trat so nahe an den Mann heran, dass sie sich beinahe berührten. »Keine Sorge, das kriegen einige von uns *Chicks* schon ganz alleine hin.«

Der Surflehrer lachte hell und schallend auf. »Yes! Sie gefallen mir! So wie Sie drauf sind …«

»Das reicht jetzt, Herrgott nochmal!«, fuhr Mattern dazwischen. Er trat einen energischen Schritt zur Seite und brachte sich damit zwischen die beiden Streithähne.

Falsung ging sofort auf Abstand und prallte mit dem Rücken gegen den Torpfeiler. Sein Gesichtsausdruck hatte sich verändert, er zeigte jetzt Verärgerung. Mit den Händen klopfte er sein rechtes Hosenbein ab, das von der Begegnung mit der Steinsäule weiße Staubspuren aufwies.

»In Ordnung«, sagte er, »war es das jetzt?«

»Haben Sie die Nacht auf der Insel zugebracht?«, fragte Mattern.

»Warum wollen Sie das wissen? Ah, ich verstehe schon. Es hat mit der Tatzeit zu tun, oder?«

Mattern blieb hart. »Ich kann Sie auch direkt fragen, wo Sie heute in den frühen Morgenstunden gewesen sind. Sagen wir von sechs Uhr an.«

»In meinem Haus auf dem Festland. In Jever, um genau zu sein. Und ob Sie es glauben oder nicht, aber um die Zeit habe ich noch geschlafen. Ich stehe für gewöhnlich nicht vor sieben Uhr auf.«

»Na wunderbar«, sagte Mattern. »Dann hätten wir es auch schon. Moin!« Er tippte sich zum Gruß an die Stirn und wandte sich ab.

Wiebkes Blick begegnete dem ihres Gegenübers. Um die Lippen des Surflehrers zuckte es leicht spöttisch. Er pflückte sich seine Sonnenbrille aus dem Haar und pflanzte sie sich zielsicher auf die Nase. Nebenbei setzte er ein gewinnendes Lächeln auf. »Mein Angebot an Sie steht noch immer.«

»Sorry«, antwortete Wiebke mit einem angedeuteten Lächeln, »aber das ist leider nicht das Einzige, was zwischen uns beiden steht.«

Damit drehte sie sich um und folgte Mattern, der bereits bei ihren Fahrrädern war, die sich ineinander verkeilt hatten.

## Kapitel 5

Wiebke Eden griff geistesgegenwärtig nach dem kleinen Klebezettel, den der kühle Luftschwall des Ventilators vom Monitor ihres Dienstcomputers gelöst hatte.

Die Dienststelle hatte sich aufgeheizt, und der klägliche Wind, der durch die leicht geöffneten Fenster hereinwehte, ließ lediglich von Zeit zu Zeit die halb heruntergelassenen Jalousien leise klappern.

Seit dem Leichenfund in den Dünen waren fast vier Stunden vergangen. Rena Heitkamp war von einem Mitarbeiter der Rechtsmedizin aus Wilhelmshaven per Hubschrauber abtransportiert worden. Die Spurensicherung hatte bisher nichts Nennenswertes ergeben, auch die Tatwaffe war bisher nicht aufgefunden worden.

Was zunächst im Vordergrund stand, war die Frage nach dem Opfer. Wer war Rena Heitkamp? In den polizeilichen Datenbanken war Wiebke unter diesem Namen nicht fündig geworden. Auch eine Internetsuche blieb erfolglos. Danach ließ sich Wiebke von Mattern nochmal den Personalausweis von Rena Heitkamp geben. Sie unterzog ihn einer genaueren Prüfung, bekam immer mehr Zweifel an der Echtheit des Hologramms und telefonierte dazu zweimal mit einem Spezialisten von der Zollfahndung, dessen Nummer man ihr auf der Dienststelle in Wittmund gegeben hatte. Er machte sie auf verschiedene Dinge aufmerksam, die letztlich ihren Anfangsverdacht bestätigten. Die Erkenntnis, die dabei zutage trat, war ebenso einfach wie verblüffend: Der Ausweis war gefälscht!

Aber wer war die Tote dann wirklich?

Die Antwort kam schließlich von einer vollkommen unerwarteten Seite und brachte eine ganze Reihe von weiteren Verwicklungen mit sich, von denen Wiebke Eden nicht einmal ahnte, als das Telefon auf ihrem Schreibtisch plötzlich zu klingeln begann.

Sie streckte den Arm aus, nahm den Hörer ab und meldete sich vorschriftsmäßig, ohne auf das beleuchtete Display des Apparats gesehen zu haben.

»Nina Jürgens hier, Mordkommission Wittmund«, meldete sich eine Stimme vom anderen Ende der Leitung. »Moin!«

»Oh«, machte Wiebke. »Moin und Grüße aufs Festland. Wie kann ich helfen?«

»Tja«, antwortete die Kommissarin etwas gedehnt, »wir haben hier eine etwas seltsame Sache. Sieht so aus, als ob es eine Überschneidung unserer Fälle gibt.«

»Okay, ich höre.« Wiebke Eden setzte sich aufrecht und hangelte mit der rechten Hand nach einem Bleistift.

»Die Sache ist ein wenig verwirrend. Wir haben sie selbst gerade von der Dienststelle Esens übernommen. Eine Frau ist vor zwei Tagen als vermisst gemeldet worden. Fällt normalerweise nicht unbedingt in unsere Zuständigkeit. Die Sache ist nur die … wir sind bei unseren Routineüberprüfungen das Fotomaterial der Mordfälle aus den letzten vierzehn Tagen durchgegangen und stießen dabei auf ein Foto aus der Rechtsmedizin Wilhelmshaven. Die Tote, die am Morgen bei Ihnen auf Spiekeroog gefunden wurde.«

»Eine Vermisstenmeldung«, wiederholte Wiebke. »Das klingt gut, denn ehrlich gesagt tappen wir im Augenblick noch vollkommen im Dunkeln, wer die Frau war. Wer hat die Meldung aufgegeben?«

»Der Ehemann«, antwortete Nina Jürgens. »Ich fahre gleich mit ihm rüber nach Wilhelmshaven. Es wäre sicher vorteilhaft, wenn Sie dazukommen könnten.«

»Na klar«, sagte Wiebke sofort und sah auf die Uhr ihres Computerbildschirms. »Die nächste Fähre geht in zwanzig Minuten, das könnte ich gerade noch schaffen.«

»Ist Mattern nicht da?«, fragte die andere.

»Ist gerade nochmal weg, um eine mögliche Spur zu verfolgen.«

»Glück für uns beide, hm?«

Wiebke Eden hörte ein kurzes Schnaufen im Hörer, das von einem unterdrückten Lachen der Kollegin aus Wittmund rührte.

»Sie haben vermutlich schon Ihre Erfahrungen mit Mattern gemacht?«, wollte die Inselkommissarin wissen.

»Oh ja, allerdings«, antwortete Nina Jürgens betont. »Er ist ja weit über die Inselgrenzen hinaus als Stinkstiefel verschrien, und er tut nicht gerade viel dafür, diesen Eindruck zu revidieren.«

Jetzt lachte auch Wiebke, wobei sie sich vorsichtig über die Schulter zum Eingang der Dienststelle umblickte. »Was soll man machen? Er ist halt ein waschechter Ostfriese. Genauso unverwüstlich wie das Kraut, das er manchmal raucht.«

»Iiieeh«, kam es aus Wittmund zurück. »Also gut, ich schätze, dass ich mit dem Ehemann zur Identifizierung gegen fünfzehn Uhr dreißig in der Rechtsmedizin sein kann. Passt das bei Ihnen?«

»Nur, wenn ich jetzt sofort aufbreche«, antwortete Wiebke.

»Prima. Dann also bis später!«

Wiebke verabschiedete sich und legte den Hörer auf. Sie griff nach einem Klotz Notizzetteln und riss den obersten ab, um Mattern eine hastig dahingeworfene Nachricht zu hinterlassen. Ein Anruf oder eine Textnachricht auf Matterns Diensthandy wäre einfacher gewesen, doch der Hauptkommissar sperrte sich gegen solche Dinge und pflegte Nachrichten, die nicht dringlich waren, zu ignorieren.

Sie ließ das Blatt auf die abgewetzte Tastatur seines Computers segeln, stand auf und schnappte ihre Jacke von der Garderobe neben der Tür.

Sie verließ die Dienststelle am Tranpad und schwang sich auf ihr Fahrrad. Sie würde sich beeilen müssen, um die Fähre noch zu erwischen, denn bis zum Anleger war es ein gutes Stück zu fahren.

Das Schiff hatte bereits angelegt und war dabei, Gäste an Bord zu nehmen, als Wiebke, ein wenig außer Atem, ihr Rad abstellte und sicherte.

Sie fand einen freien Platz an Deck und blickte hinüber zum Jachthafen, wo um diese Zeit reger Betrieb herrschte. Boote kehrten nach Spiekeroog zurück, andere wiederum nutzten die Gelegenheit, vor dem Gezeitenwechsel noch einmal auszulaufen und eine Runde um die Insel zu drehen.

Die Fähre legte ab, kaum dass Wiebke ihren Platz eingenommen hatte. Sie nutzte die Gelegenheit, von Bord aus mit einer Autovermietung in Neuharlingersiel zu telefonieren, um sich einen Wagen an den Fähranleger bringen zu lassen.

Leitete die Vermisstenmeldung aus Esens eine erste Wendung im Fall Rena Heitkamp ein? Wiebke Eden hoffte es und fragte sich, wie der Ehemann den plötzlichen und gewaltsamen Tod seiner Frau aufgenommen hatte.

Termine in der Rechtsmedizin hatten immer etwas Albtraumhaftes. Es war wie das Eintauchen in eine andere Welt. Eine, mit der man im Grunde keine Bekanntschaft machen wollte. Solche Dinge gehörten zum Polizeidienst dazu, Wiebke hatte sich dennoch bisher nicht daran gewöhnen können.

In Neuharlingersiel war ihr Mietwagen, ein Skoda, bereits eingetroffen. Rasch erledigte sie mit dem Mitarbeiter vor Ort die Formalitäten und befand sich wenige Minuten später bereits auf der B 210 nach Wilhelmshaven. Inzwischen war es fast genau fünfzehn Uhr und es wurde deutlich, dass sie sich ein wenig verspäten würde.

Für die Fahrt benötigte sie knappe fünfundvierzig Minuten, bis sie das Fahrzeug endlich auf dem Parkplatz hinter dem Gebäude, in dem auch die Rechtsmedizin untergebracht war, ausrollen ließ.

Sie betrat einen Korridor, an dessen Ende sich ein Wartebereich anschloss. Von Weitem erkannte sie bereits eine Frau und einen Mann, die sich in der Nähe der beiden Aufzüge aufhielten und in diesem Moment in ihre Richtung blickten.

Wiebke sah im Gehen auf ihre Armbanduhr. Zwölf Minuten über der vereinbarten Zeit. Sie hasste es, irgendwo zu spät zu kommen.

»Halb so wild«, sagte Nina Jürgens, die Wiebkes innere Erregung gespürt haben musste, mit einem Lächeln. Sie war eine eher zierliche Frau, allerdings mit harten, markanten Gesichtszügen, und machte auf Wiebke einen drahtigen Eindruck, der durch das kurzgeschnittene schwarze Haar noch unterstrichen wurde. Zudem hatte die Kommissarin aus Wittmund einen festen Händedruck, wie Wiebke Eden feststellen musste.

»Schön, dass wir uns mal persönlich kennenlernen«, sagte sie.

Die Dunkelhaarige lächelte. »Wir sind auch erst ein paar Minuten später hier gewesen, und Doktor Petersen hat ausrichten lassen, dass er in fünf Minuten Zeit für uns hat.« Nina Jürgens trat einen Schritt näher an Wiebke heran. Ihr Gesprächston senkte sich zu einem Flüstern. »Es gibt da noch etwas, das Sie vorher wissen sollten und was ich Ihnen vorhin am Telefon noch nicht erklären konnte. Vielleicht handelt es sich dabei auch nur um ein Missverständnis.«

»Was ist los?«, fragte Wiebke.

»Die Tote von Spiekeroog hieß laut unseren Informationen Rena Heitkamp. Können Sie das bestätigen?«

»Mattern und ich haben ihre Papiere geprüft. Der Name stand zwar auf dem Personalausweis, allerdings hat der sich inzwischen als gefälscht herausgestellt.«

Die Kommissarin aus Wittmund hob interessiert ihre rechte Augenbraue an. »Es ist so, dass der Mann da nicht Herr Heitkamp ist, sondern Stefan Hauser.«

Auf Wiebkes Gesicht entstand ein fragender Ausdruck.

»Wie kommen Sie darauf, dass er der Ehemann der Toten ist?«

»Wir haben ihm das Foto gezeigt. Das von der Leiche, meine ich. Und er hat sofort steif und fest behauptet, dass es sich um seine Frau handelt. Und es kommt sogar noch besser: Den Namen Rena Heitkamp will er noch nie gehört haben.«

»Sie haben ihn schon aufgeklärt?«, fragte die Spiekerooger Polizistin hastig.

Zu ihrer Erleichterung schüttelte Nina Jürgens energisch den Kopf. »Um Gottes willen, nein. Ich habe das Ganze geschickt verpackt.« Sie zog einen Schmollmund und schob hinterher: »Zumindest hoffe ich das.«

»Das Ganze klingt wirklich kurios«, bemerkte Wiebke.

Die andere zuckte mit den Schultern. »Möglich, dass das alles nur ein Missverständnis ist und wir hier gerade unsere Zeit vertrödeln. In dem Fall spendiere ich nachher eine Tasse Tee und ein Stück Kuchen, wenn Sie die Zeit noch haben.«

»Gerne«, gab Wiebke lächelnd zurück. »Ich fürchte nur, ich muss mich nachher beeilen, damit ich die letzte Fähre zur Insel noch erwische.«

»Mh«, machte die Wittmunderin. »Ist das nicht manchmal furchtbar lästig, sich ständig nach diesen Dingern richten zu müssen?«

Die Inselpolizistin winkte ab. »Man lernt ziemlich schnell, sich damit zu arrangieren.«

Nina Jürgens nickte und deutete zu dem Mann bei den Aufzügen hinüber, der die ganze Zeit damit beschäftigt war, ruhelos auf und ab zu gehen. »Na, dann wollen wir mal. Kommen Sie, ich stelle Sie ihm vor.«

Gemeinsam traten die beiden Beamtinnen auf Stefan Hauser zu, der in diesem Augenblick stehen blieb und ihnen entgegensah. Sein Blick blieb auf Wiebke Eden haften, als erhoffe er sich von ihr die Erlösung aus dieser Situation.

In seinen wässrigen Augen lag durchaus etwas Flehendes. Hauser war etwas übergewichtig, hatte einen leichten Hang zu Hängebacken. Sein hoher Haaransatz zeigte eine strohblonde Färbung. Darunter kamen feuerrote Ohren zum Vorschein. Er trug eine saubere Jeans und robuste Wanderschuhe. Sein Hemd war trotz der angenehm kühlen Temperaturen im Gebäude durchgeschwitzt.

Die Kommissarin aus Wittmund übernahm das gegenseitige Vorstellen, bei dem Wiebke Eden bereits ein beklemmendes Gefühl beschlich.

Stefan Hauser hielt ihre Hand ein bisschen länger als notwendig. Seine war eiskalt und fühlte sich hart und schwielig an, als sei sie nicht aus Fleisch und Blut.

»Sie haben sie gefunden?«, fragte er.

Täuschte sich Wiebke, oder lag in seinem Atem noch eine Spur von Alkohol?

»Nicht ich, mein Kollege.«

»Ich habe das Foto gesehen«, sagte er und blickte dabei kurz zu Nina Jürgens hinüber. »Sie sah aus, als würde sie schlafen. Ich kann es immer noch nicht glauben. Wer … wer um alles in der Welt tut denn so etwas?«

Er redete, als sei er sich seiner Sache bereits vollkommen sicher. Als wisse er mit Bestimmtheit, dass es sich bei der Toten, die hier irgendwo in den Katakomben aufbewahrt wurde, um die Frau handelte, die er geheiratet hatte. Mit der er bis vor Kurzem noch zusammengelebt hatte. Aber das konnte nicht stimmen. Oder doch?

Wiebke war irritiert. Sie war erleichtert, als sich neben ihnen eine der Aufzugstüren öffnete und ein Mann mit weißem Kittel und dicker schwarzer Hornbrille heraustrat.

»Petersen«, sagte er nur. Er sah die beiden Frauen abwechselnd an. »Sie sind die Beamtinnen aus Wittmund und von … äh …«

»Spiekeroog«, half Wiebke aus.

Der Gerichtsmediziner nickte geschäftig und deutete auf den Aufzug, dessen Tür sich noch nicht wieder geschlossen hatte. »Wenn Sie mir wohl folgen wollen? Wir müssen ins Kellergeschoss.«

Hauser starrte ins Innere der Aufzugskabine, als lauerte dort ein alles verzehrender Höllenschlund.

»Nur Mut, Herr Hauser«, sagte Nina Jürgens leise. Sie legte ihm beruhigend eine Hand auf die Schulter.

Sie gesellten sich alle zusammen zu Petersen in die enge Kabine. Fast augenblicklich schloss sich die Metalltür hinter ihnen. Es ging hinunter. Die kurze Fahrt verlief in eisigem Schweigen. Nur einmal wurde die Stille durchbrochen, als Hauser leise schniefte.

Wiebke war froh, der Platznot zu entkommen, als die Tür sich öffnete.

Petersen setzte sich an die Spitze ihrer Gruppe und führte sie einen gekachelten Gang entlang, der an einer feuerfesten Flügeltür endete. Er öffnete sie, trat in sein Reich hinüber und wartete ab, bis es ihm alle gleichgetan hatten.

Die schwere Tür fiel hinter Nina Jürgens, die als Letzte ging, ins Schloss.

Petersen, der kurz vor der Rente stand und neben seiner polierten hohen Stirn noch über einen ergrauten Haarkranz verfügte, nahm seine Brille ab und putzte sie beiläufig mit dem Saum seines Kittels.

»Die Identifizierung, richtig?«, fragte er und setzte sich seine Brille wieder auf, um die beiden Beamtinnen anzublicken. »Darf ich eben noch um Ihre Dienstausweise bitten? Ist halt Vorschrift und an die wollen wir uns ja schließlich alle halten, nicht?« Er lächelte flüchtig.

Wiebke und Nina Jürgens zeigten ihre Ausweise vor, nur um festzustellen, dass Petersen nicht einmal richtig hinsah. Sein Blick ruhte auf Stefan Hauser, und sein Gesicht nahm einen leicht melancholischen Anblick an.

»Der Ehemann, hm?«, sagte er leise.

Hauser nickte. Sein Blick irrte währenddessen suchend hin und her. Offenbar wollte er seine Aufgabe so schnell wie möglich hinter sich bringen.

Petersen führte sie an eine Wand heran, an der sich mehrere nummerierte Schubfächer befanden.

Die Griffe glänzten kalt im gleißenden, sterilen Licht der Deckenbeleuchtung.

Der Gerichtsmediziner trat an das Fach mit der Nummer acht heran und warf einen Blick über seine Schulter, wie um sich zu vergewissern, dass ihm auch alle gefolgt waren.

Mit einem kräftigen Ruck zog er an dem Griff, und das lange Schubfach offenbarte sein grässliches Geheimnis.

Wiebke war dankbar dafür, dass Petersen das Fach nur zu einem guten Drittel herausschnellen ließ. Der Körper der Toten war nur vom Brustansatz bis zu den Haarspitzen herauf zu sehen. Der versehrte Rest, dort, wo sie ihr Mörder siebenmal getroffen hatte, blieb im Verborgenen.

Das Gesicht der toten Frau wirkte in diesen Räumlichkeiten, bei diesen Lichtverhältnissen, umso mehr porzellanhaft, als hätte ein großer Künstler ihre feinen Züge mit aller Sorgfalt modelliert, weil er wusste, dass es sich hier um sein Meisterwerk handelte.

Für einen Moment sagte niemand etwas. Es war so still, dass sogar das Ticken der altmodischen Wanduhr über der Tür zu hören war. Dann mischte sich nach und nach Hausers Atem, der stoßweise ging, in die Geräuschkulisse.

Als er vortrat, wankte er leicht. Er starrte in das Schubfach herunter. Sein Blick saugte sich am Gesicht der Toten fest, so sehr, als würden seine nass glänzenden Augen im nächsten Moment aus ihren Höhlen quellen.

*»Britta!«*

Der Name kam wie ein Hauch über Hausers Lippen. Zwei Silben nur, doch gelang es ihm, so viel Schmerz, so viel Leid hineinzulegen, dass es Wiebke Eden fröstelte.

Sie tauschte einen schnellen Blick mit Nina Jürgens, um sich zu vergewissern, dass es ihrer Kollegin vom Festland ebenso ging.

»Herr Hauser«, sagte Nina, während sie erneut sanft ihre Hand auf die Schulter des Mannes legte. »Würden Sie uns bitte … für unsere Akten … genau sagen, wer die Tote ist?«

Der Angesprochene nickte, presste für einen Moment seine Lippen aufeinander, musste sich sammeln.

»Das ist meine Frau«, sagte er schließlich. »Das ist Britta Hauser.«

## Kapitel 6

»Hab ich noch nie gesehen, sowas.«

Mattern drehte mit dem Zeigefinger an einer Filmrolle, die in einem Projektor eingelegt war, der fast seine Größe hatte.

»Wirklich noch nie?«

Der Mann in dem kleinen Vorführraum verband eine neue Festplatte mit dem wesentlich neueren Beamer.

Mattern beobachtete fasziniert, wie die Rolle sich drehte. »Jo, im Fernsehen bestimmt. Aber noch nie in echt. Funktioniert das Ding noch?«

Lutger Carsdorff, der Betreiber des Inselkinos, schüttelte lächelnd den Kopf. »Ich fürchte, nein. Der Projektor ist ein Ausstellungsstück, quasi fürs Museum. Ich will ihn im Eingangsbereich aufstellen … zur Dekoration und fürs Flair.«

Hinrich Mattern drehte sich um. »Und wie spielen Sie heute Filme ab?«

Carsdorff deutete auf seine Arbeit. »Heute passiert alles digital. Wir bekommen die Filme zumeist auf Festplatten geliefert. Die schließe ich dann hier oben an und schon ist der Film abspielbereit.«

Mattern wirkte enttäuscht. »Geht da nicht viel Romantik verloren?«

»Dafür haben Sie keine Filmrisse mehr. Es muss nichts mehr umständlich geklebt oder geschnitten werden.«

Der Hauptkommissar machte einen abfälligen Laut. »Gerade die Filmrisse waren früher spannend, wenn mit einem Mal das Licht im Saal anging und man genau sehen konnte, wer mit wem … Sie wissen schon.« Mattern zwinkerte seinem Gegenüber zu.

Der Kinobetreiber lächelte flüchtig. »Sowas gibt es heute nicht mehr. Also … zumindest nicht hier. Dazu ist das Inselkino einfach zu klein.«

»Mh«, machte Mattern. Seine Mundwinkel waren wieder herabgesackt.

»Ich will Sie bestimmt nicht drängen, Herr Kommissar, aber … Sie sind doch bestimmt nicht nur hergekommen, um sich mit mir über den alten Filmprojektor zu unterhalten.«

»Stimmt auffallend«, gab Mattern zu. »Mich interessiert vor allem die Vorstellung von gestern Abend. Zwanzig Uhr.«

Carsdorff zuckte mit den Achseln. »Was ist damit?«

»Sie hatten *Pretty Woman* im Programm?«

»Ja.«

»Die Version mit Julia Roberts und … äh … dem anderen?«

»Es gibt nur diese Version, soweit ich weiß.«

»Ah.« Mattern fuhr sich über seine Bartstoppeln. »War die Vorstellung gut besucht?«

»Ausverkauft!« Der Betreiber sah von seiner Arbeit auf und grinste.

»Toll«, antwortete Mattern, während sich sein Gesicht verfinsterte.

»Finde ich auch.«

Der Hauptkommissar löste sich von dem Projektor und kam näher. Im Gehen zog er ein Polaroid-Foto aus seiner Westentasche. Er hielt es Carsdorff hin.

»Ist diese Frau gestern Abend hier gewesen?«

Carsdorff blinzelte, setzte eine goldgeränderte Brille auf, die auf seiner Arbeitsfläche gelegen hatte, und blinzelte erneut.

»Was ist das?«

»Ein Foto.«

»Das sehe ich. Ich meine die Frau. Was ist mit ihr? Sie sieht so aus, als ob …«

»Sie ist tot«, antwortete Mattern nüchtern. »Und Sie können mir glauben, dass ich sie lieber lebend fotografiert hätte.«

»Scheiße«, flüsterte Carsdorff und sah jetzt noch einmal genauer hin.

»Ja. Das kann man so sagen.«

»Wer ist sie?«, fragte der Betreiber. Sein Gesicht bekam sofort einen gehetzten Ausdruck. »Ich meine … wenn ich das fragen darf?«

»Sie dürfen. Ich habe Grund zu der Annahme, dass sie gestern Abend in der Vorstellung gewesen ist. Wenigstens habe ich in ihren Sachen eine Eintrittskarte gefunden. Wenn Sie also nochmal genauer hinsehen würden? Es könnte sehr wichtig sein, diesen Punkt genau abzuklären.«

Das Polaroid-Foto wechselte seinen Besitzer. Carsdorff hielt es jetzt direkt vor seine Augen, blinzelte, suchte den richtigen Abstand und mit einem Mal entfuhr es ihm: »Zum Donnerwetter, ja, das ist sie. Sie ist gestern hier gewesen, ich erinnere mich.«

»Wissen Sie …«

»Ich habe sie nicht gleich auf den ersten Blick erkannt«, sprudelte es weiter aus dem Mann heraus. »Wegen meiner neuen Lesebrille, wissen Sie? Ich hab mich noch nicht so dran gewöhnt. Ich bin überhaupt keine Brille gewöhnt. Aber ich merkte eben doch beim Lesen und so … also jedenfalls ist die Frau in der Abendvorstellung gewesen, das könnte ich unter Eid bezeugen.«

»Großartig«, sagte Mattern. »Wenn Sie mir jetzt noch sagen könnten, ob sie allein da gewesen ist oder in Begleitung?«

Carsdorff starrte auf das Foto, als könne er von der Aufnahme eine Antwort ablesen. Seine Zungenspitze flitzte über seine Lippen, um sie zu benetzen.

»Wenn ich das so genau wüsste. Wissen Sie, ich habe die Karten nicht selbst verkauft gestern Abend, und ich habe mich auch nur zeitweise um den Einlass gekümmert.«

Mattern trat ungeduldig von einem Fuß auf den anderen.

»Wenn ich's mir recht überlege, ist sie allein gekommen«, fuhr der Betreiber nach einer ganzen Weile des Überlegens fort. »Und ich schätze, dass sie auch allein zu ihrem Platz gegangen ist. Das war …« Carsdorff stand auf und ging die wenigen Schritte zur Wand, die den Vorführraum vom kleinen Kinosaal trennte. Ein schmales Sichtfenster gewährte einen Blick auf die andere Seite. Die beiden Männer sahen hindurch.

»Da drüben hat sie gesessen. Reihe fünf muss es gewesen sein. Und ich schätze, es war die Platznummer drei.«

»Zwei«, sagte Mattern, der die Kinokarte aus seiner Tasche befördert hatte. »Sie hatte also demnach eine Person auf ihrer linken Seite und den Rest der Reihe auf der rechten, richtig?«

Die kleine Glasscheibe beschlug vom Atem der Männer.

»Richtig«, antwortete Carsdorff und rieb sich gedankenverloren das Kinn. Er sah den Hauptkommissar an, der jetzt wieder zwei Schritte auf Abstand gegangen war. »Ich glaube, dass rechts von ihr ein Pärchen gesessen hat. Die beiden waren ziemlich mit sich selbst beschäftigt.«

»Und die Person auf der Linken?«, fragte Mattern sofort. »War es vielleicht ein Mann? Könnten Sie ihn beschreiben? Denken Sie nach, Menschenskind!«

»Da saß kein Mann«, antwortete der Betreiber nach einigen Sekunden, während er ziellos ins Leere starrte.

»Sind Sie sicher?«, hakte Mattern nach.

»So ziemlich. Ja, je mehr ich darüber nachdenke, bin ich der Überzeugung, dass eine Frau ganz außen gesessen hat. Eine ziemlich junge Frau.«

»Können Sie sie beschreiben?«

»Schwierig«, gestand Carsdorff. »Ich kann mich wirklich unmöglich an jeden einzelnen Gast erinnern. Ich weiß nur, dass sie jung war. Ziemlich jung. Und … ja, dunkles Haar hat sie gehabt. Ziemlich lang.«

Eine Frau, dachte Mattern. Das passte überhaupt nicht in seine Überlegungen. Dazu noch dunkelhaarig. Damit wäre Ruth Falsung ausgeschieden, es sei denn, sie hätte eine Perücke verwendet, was ziemlich albern klang. Und warum hätten die beiden Frauen sich ausgerechnet in dem kleinen Inselkino treffen sollen, wo jeder sie sehen konnte, wenn das Licht anging?

»Kann ich Sie was fragen, Herr Kommissar?«

Die Stimme des Betreibers schreckte Mattern aus seinen Gedanken. »Ja, sicher. Fragen Sie.«

Carsdorff tippte auf die Fotografie, deutete auf die Stirn der Toten. »Dieses Wort da … hat das ihr Mörder getan?«

»Davon ist auszugehen«, antwortete der Kommissar. Er nahm das Foto wieder an sich und ließ es in seiner Westentasche verschwinden.

»Ist Ihnen sonst noch etwas an der Frau aufgefallen?«

»Nein. Tut mir leid, Herr Kommissar.«

»Und der Name Rena Heitkamp sagt Ihnen auch nichts?«

»Wenn das ihr Name gewesen ist … nein. Leider nicht.«

»Na dann moin«, sagte Mattern und begab sich zur Tür. Kurz vor dem Verlassen des Vorführraums drehte er sich noch einmal zu Carsdorff um. »Und danke für Ihre Auskünfte.«

Als er draußen auf der Straße war, blickte er zur Kirche hinüber. Bis zum Haus von Lackmann waren es schätzungsweise nur einhundert Meter, vielleicht ein bisschen mehr. Aber was hatte das zu bedeuten? Gar nichts vermutlich.

Mattern schwang sich auf sein Fahrrad und setzte sich in Bewegung. Er war noch nicht weit gekommen, als er plötzlich die Bremse betätigte und seinen Drahtesel abrupt zum Stehen brachte. Ein Gedanke war ihm in den Kopf geschossen: Wieso hatte Carsdorff eigentlich wie selbstverständlich von Mord gesprochen? Wenn Mattern sich richtig erinnerte, hatte er dies mit keiner Silbe erwähnt. Hatte er allein durch das in die Stirn der Toten geritzte Wort darauf geschlossen?

Für einen Augenblick zog der Kommissar seine Augenbrauen zusammen und überlegte, ob er umkehren und den Mann zur Rede stellen sollte. Nach einer Weile schüttelte er den Kopf, hievte sich wieder auf den Sattel und trat in die Pedale.

## Kapitel 7

*Verstörend* war das Wort, nach dem Wiebke Eden lange gesucht hatte, während der Fahrt, anls sie ihren Mietwagen dem Dienstfahrzeug ihrer Kollegin hinterherlenkte. Wiebke hätte einiges dafür gegeben, sich mit Nina Jürgens auf dem Weg nach Esens unterhalten zu können, mit ihr über diesen seltsamen Fall zu sprechen, aber das war nicht möglich, da Hauser nicht fahrtüchtig war und deswegen bei der Kommissarin aus Wittmund als Beifahrer fungierte.

Rena Heitkamp war Britta Hauser. War das überhaupt möglich? Und wenn ja … was genau war dann passiert?

Wiebkes Gedanken kreisten um dieses Thema und kehrten dabei doch immer wieder zum Anfang zurück, wie die Rennwagen auf der Carrerabahn, die sie als kleines Mädchen besessen hatte.

Hausers Aussagen zufolge war seine Frau vor zwei Tagen spurlos verschwunden. Sie hatte keine Nachricht hinterlassen und offenbar nur das mitgenommen, was sie am Leib getragen hatte. Hauser hatte zunächst abgewartet und sei später dazu übergegangen, sämtliche Kontakte seiner Frau abzutelefonieren, von denen er wusste. Nachdem er überall darum gebeten hatte, ihn anzurufen, falls Britta auftauchte, und auch diese erhoffte Meldung ausblieb, hatte er sich schließlich an die Polizei gewandt. Über einen kleinen Umweg war die Sache dann in Wittmund bei Bert Linnig und Nina Jürgens gelandet.

Jetzt waren sie auf dem Weg zu dem Haus, in dem der Vermessungstechniker Stefan Hauser mit seiner Frau und zwei Kindern lebte. Wiebke fragte sich, was sie dort erwarten mochte.

Sie trafen um kurz nach siebzehn Uhr in Esens ein. Die Nachmittagssonne brannte noch immer heiß, und am Himmel war keine Wolke zu sehen.

Das Reihenhaus lag inmitten einer ruhigen Siedlung, verfügte über eine eigene Auffahrt, eine Garage und ein Carport. Um das beigefarbene Backsteingebäude verlief ein Friesenwall, hinter dem sich eine Rasenfläche und eine gepflasterte

Terrasse anschlossen. Darauf eine Hollywoodschaukel und andere Gartenmöbel. Hochgebundene Rosenranken, und in einen kleinen Zierteich plätscherte durch das Maul eines Steinfrosches eine muntere Wasserfontäne.

Idylle. Aber wie trügerisch war sie?

Wiebke trat zusammen mit Nina Jürgens auf das Haus zu. Die beiden Frauen folgten Hauser, der mit fahrigen Bewegungen einen Schlüsselbund aus der Hosentasche zog. Als er aufschloss, zitterten seine Hände.

»Bitte, kommen Sie.« Er drehte sich mit einem zermürbten Gesichtsausdruck zu den Beamtinnen um. Dieser Mann ging gerade bis an seine Grenzen. Und möglicherweise würde er irgendwann weit jenseits davon sein, wenn er die ganze Wahrheit erfuhr.

Aber was genau war das eigentlich – die Wahrheit?

Wiebke Eden hatte das beklemmende Gefühl, dass sie noch weit davon entfernt waren, dass hier Dinge im Verborgenen lagen, von denen sie nicht die entfernteste Ahnung hatten.

Hauser führte die beiden Frauen in den Hausflur. Gediegene Atmosphäre. Ein Wandspiegel, darunter eine alte Bauerntruhe, daneben der Treppenaufgang. Auf der breitesten Stufe in der Ecke befand sich eine große Bodenvase, aus der auffällige lange Schilfrohrkolben lugten.

Hauser blieb mitten im Flur stehen und blickte den Beamtinnen entgegen. Er wirkte klein, hilflos, verlassen.

»Die Kinder«, presste er mit trockener Stimme hervor. »Ich habe ihnen noch nichts gesagt. Kevin ist sicher oben in seinem Zimmer, und Emma müsste jeden Augenblick wiederkommen.«

»Möchten Sie, dass wir das für Sie übernehmen?«, fragte Wiebke.

Er schien für einen Augenblick nachzudenken, dann schüttelte er kraftlos den Kopf. »Nein. Es ist wohl besser, wenn sie es von ihrem Vater erfahren.«

Die beiden Polizistinnen tauschten einen kurzen Blick miteinander und nickten unmerklich. Beide waren froh, diesen Part nicht übernehmen zu müssen.

Der Vermessungstechniker drehte sich um, sah Nina Jürgens an. Er überragte sie um eine halbe Kopflänge.

»Sie wollen Brittas Zimmer sehen, ja? Es befindet sich oben. Ich gehe mal voraus.«

Hauser stieg die Treppe hinauf wie eine Leiter, die linke Hand immer auf dem Lauf des Geländers. Auf den Stufen hatten sich Staubflusen angesammelt, die geräuschlos aufwirbelten, nur um sich, vom letzten Licht der hereinfallenden Sonnenstrahlen beschienen, an anderer Stelle wieder abzulegen.

In der oberen Etage befanden sich vier Zimmer und ein zusätzliches Bad. Hauser steuerte den Raum am Ende des Flurs an. Die Tür war geschlossen. Er drückte die vergoldete Klinke herunter und trat über die Schwelle in einen sonnendurchfluteten Raum, der von der Hitze des Tages stickig war.

»Sie können sich gerne umsehen«, sagte Stefan Hauser. »Ich habe es auch schon getan, weil mich die Polizei hier in Esens darum gebeten hatte. Die wollten wissen, ob irgendwelche Sachen meiner Frau fehlen.«

»Das ist aber nicht der Fall?«, hakte Wiebke nach.

»Nein. Bis auf ihre Lieblingshandtasche und ihre Schuhe. Sachen, denke ich, die sie dabeigehabt haben wird, als sie …«

Er ließ den Satz unvollendet, was der Kommissarin von Spiekeroog einen leichten Schauer über den Rücken jagte.

Die beiden Polizistinnen sahen sich in dem Raum um. Jedoch schien er keine Geheimnisse zu beherbergen. Er wirkte eher so, als sei seine Bewohnerin morgens aus dem Haus gegangen, in der Erwartung, nach kurzer Zeit wiederzukommen.

Das Bett war gemacht, es befand sich sogar ein zusammengelegtes Negligé aus Seide unter der Bettdecke. Neben dem Fenster und unterhalb der Dachschräge befand sich ein altmodischer Tisch mit einem Frisierspiegel. Auf der Ablage eine unbestimmte Anzahl von Parfüms und Cremes, daneben eine Haarbürste. Wiebke nahm Letztere unauffällig an sich und griff in einem unbemerkten Augenblick zwischen die Borsten, um einige lange dunkle Haare herauszuziehen und, in ein Papiertaschentuch eingewickelt, in ihrer Hosentasche verschwinden zu lassen. Sie wussten einfach noch zu wenig, und vielleicht konnte das Labor auf diesem Weg etwas Licht ins Dunkel bringen.

Sie drehte sich zu Hauser um, der bei der Zimmertür stand und in hilflosen Gesten versuchte, seine Hände zu beschäftigen.

»Herr Hauser, ich weiß, dass das schmerzhaft für Sie ist, aber könnten Sie uns vielleicht einige Fotos von Ihrer Frau zeigen?«

Der Angesprochene fuhr sich mit dem Handrücken über seine schweißfeuchte Stirn. »Sicher kann ich das.« Er wollte sich bereits abwenden, überlegte es sich dann jedoch anders. Auf seinem Gesicht lag ein irritierter Ausdruck. »Ich verstehe nur nicht recht. Ich habe Britta doch bereits identifiziert. Wozu brauchen Sie da noch Fotos von ihr?«

»Das gehört zu einer Routineüberprüfung«, half Nina Jürgens aus, die genau wie ihre Kollegin ihren Blick über die Wände hatte wandern lassen. Nirgends im Zimmer befanden sich Fotografien. Nirgends ein Hinweis darauf, dass die Hausers eine Ehe oder zumindest ein eheähnliches Verhältnis führten. Sie schliefen in getrennten Zimmern.

»Wir bewahren die Fotos unten auf«, erklärte Hauser. »Ein paar alte Alben. Wenn Sie neuere wollen, müsste ich auf meinem Laptop nachsehen.«

»Die Alben sollten ausreichen«, versicherte Wiebke.

Als sie den Raum verließen, öffnete sich am anderen Ende des Flurs eine Tür.

Ein blässlicher junger Mann von etwa zwanzig Jahren, bekleidet mit Boxershorts und einem weißen T-Shirt, trat an das obere Ende der Treppe.

»Papa? Was ist denn los?«

Aus Hausers Kehle drang ein leiser krächzender Laut, als er sich in Bewegung setzte und auf seinen Sohn zuging. Er schloss ihn wortlos in die Arme.

Die beiden Polizistinnen warteten im Hintergrund ab. Ihre Blicke wanderten umher, hefteten sich auf den Boden.

Stefan Hauser flüsterte seinem Sohn ein paar hastige Worte zu, noch immer wirkten die beiden eng umschlungen. Aus der

Mitte dieser Umarmung brach plötzlich ein gellender Schrei. Stefan Hauser taumelte zwei Schritte zurück.

»Kevin, ich …«

Der junge Mann atmete hektisch, die Augen weit aufgerissen. Sein Atem ging stoßweise, als er zu den beiden Polizistinnen herüberstarrte.

»Ist das wahr?«, fragte er mit halb erstickter Stimme. »Ist das wahr, was mit Mama passiert ist?«

Nina Jürgens trat nach vorne, bewegte sich an Stefan Hauser vorbei, der mit dem Rücken an der Wand lehnte, sein Gesicht in seinen Händen verborgen.

»Ja«, antwortete die Kommissarin vorsichtig. »Es tut mir leid, dass wir Ihnen beiden keine angenehmeren Nachrichten …«

Kevin Hauser keuchte. Sein langer Oberkörper beugte sich nach vorne, als hätte er plötzlich eine schwere Last zu tragen. In seinen hellen blauen Augen schimmerte es feucht, während sein Kopf rot anzulaufen begann.

»Wer hat das getan?«, fragte er. Leise, beinahe im Flüsterton. Plötzlich entluden sich in einem weiteren Aufschrei seine Ängste, seine Wut: »Welcher verfluchte Scheißkerl hat das gemacht?!«

»Wir wissen es nicht«, antwortete Wiebke Eden und fügte rasch hinzu: »Noch nicht.«

»Herr Hauser«, sagte Nina Jürgens vorsichtig, »es ist möglich, dass wir Ihnen noch einige Fragen stellen müssen. Wenn Sie sich dazu im Augenblick nicht in der Lage fühlen, habe ich dafür vollstes Verständnis. Ich …«

Weiter kam die Kommissarin nicht. Tränen schossen in die Augen des jungen Mannes, als seine mühsam aufrechterhaltene Fassung mit einem Mal in sich zusammenbrach. Er stieß einen heiseren Laut aus, wirbelte auf der Stelle herum und schlug die Tür zu seinem Zimmer hinter sich zu.

Stefan Hauser löste sich aus seiner Lethargie und bewegte sich mit langsamen Schritten auf das Zimmer seines Sohnes zu. »Kevin. Du solltest nicht so …«

»Lassen Sie ihn«, unterbrach ihn Wiebke Eden. Sie griff instinktiv nach dem Arm des Mannes, um ihn aufzuhalten.

Hauser drehte sich fragend zu ihr um.

»Ich denke, das ist nicht der richtige Zeitpunkt für Fragen«, erklärte die Inselkommissarin. »Er braucht seine Zeit, um mit dieser schlimmen Nachricht fertigzuwerden.«

»Die Kinder«, sagte Hauser leise, »haben sehr an ihrer Mutter gehangen.«

Aus dem Zimmer am vorderen Ende des Flurs waren gedämpft leise, schluchzende Laute zu hören. Nur wenig später dröhnte lauter Hardrock heraus und erfüllte das gesamte Haus mit dumpfen Bässen.

Über die Treppe gelangten sie ins Wohnzimmer der Hausers. Die Einrichtung war herkömmlich, gerade so, um nicht als spießig bezeichnet werden zu können. Es gab einen gemauerten Kamin an der Wand zur Küche, eine neuwertig aussehende Sofalandschaft mit einer Vielzahl von Kissen. An der gegenüberliegenden Wand war ein großer Flachbildfernseher angebracht, dessen Bildfläche mattschwarz schimmerte.

Auf einer Anrichte zwischen den beiden Fenstern entdeckten die Kommissarinnen endlich, wonach sie suchten.

Ein gerahmtes Bild, eine Fotografie, die Stefan Hauser und seine Frau am Tag ihrer Hochzeit zeigte. Das Paar küsste sich unter dem geschwungenen Torbogen eines Kircheneingangs.

Wiebke fiel sofort der lange Kratzer in der Tapete auf. Etwa fünf Zentimeter oberhalb des Bildes und einige Zentimeter lang, so als wäre ein scharfer Gegenstand darüber geschrammt. Die Stelle wirkte noch frisch.

Wiebke runzelte die Stirn. War dieses Hochzeitsfoto noch ein wenig vage, so brachte das nächste schließlich die gewünschte Erkenntnis.

Über der Anrichte hing ein gerahmtes Familienfoto, das höchstens ein oder zwei Jahre alt sein konnte.

Stefan Hauser, lächelnd, im Anzug, seine linke Hand auf der Schulter seines Sohnes Kevin, der auf der Lehne eines Sessels saß. Neben dem jungen Mann ein Mädchen, das zum Zeitpunkt der Aufnahme vielleicht dreizehn oder vierzehn Jahre alt gewesen sein mochte. Sie hatte ihr dunkles Haar zu Zöpfen geflochten. Ihr Lächeln wirkte ein wenig erzwungen, was vielleicht die möglicherweise vorhandene Scham über die auffällige Zahnspange erklärte.

Neben Stefan Hauser stand sie. Die Mutter. Britta Hauser oder Rena Heitkamp. Oder beides. Es gab keinen Zweifel daran, dass es sich bei dieser Frau um die weibliche Leiche in den Dünen von Spiekeroog handelte.

Die Frau, die mit sieben Messerstichen geradezu hingerichtet worden war. Die Frau, die man im Tod noch verunstaltet hatte.

*Hure.*

Wiebke Eden dachte an die Fotos, die am Strand gemacht worden waren. Sie dachte an die Eindrücke, die sie selbst gesammelt hatte und die viel intensiver waren.

Hinter den beiden Polizistinnen kramte Stefan Hauser in einer Kommode herum und zog einen Stapel Fotoalben hervor.

Wahllos schlug er ein Album auf, blätterte darin herum und hielt plötzlich inne. Die Röte stieg ihm ins Gesicht. Auch er, so schien es, hatte mit den Tränen zu kämpfen, wurde von den Erinnerungen übermannt.

Mit dem Buch in der Hand kam er näher.

»Das war vor fünf Jahren auf Kreta«, sagte er und hielt den beiden Frauen das Album umgedreht hin.

Wiebkes Blick fiel auf eine junge, attraktive Frau, in einem Sommerkleid am Tresen einer Strandbar sitzend. Sie wurde vom hellen Schein einiger Fackeln eingerahmt. Das Feuer warf einen zauberhaften Schimmer auf ihr Gesicht. Das Foto hätte als Cover eines exotischen Reisemagazins durchgehen können.

»Ich mochte dieses Bild immer ganz besonders«, sagte Hauser in die beklemmende Stille hinein. Seine Finger näherten sich dem Foto, als wollten sie es streicheln. Hauser ließ sie einen Moment darüber verharren und schluckte so schwer, dass selbst die beiden Kommissarinnen es hören konnten.

»Haben Sie etwas dagegen, wenn ich es abfotografiere?«, fragte Wiebke Eden.

Hauser wandte den Kopf in ihre Richtung und bewegte ihn schließlich unmerklich hin und her.

Wiebke zog ihr Handy aus der Tasche und machte eine Aufnahme. Sie hielt es für unablässig, Mattern die Aufnahme später zu zeigen. Sie brauchte zudem etwas, damit ihr störrischer Kollege ihr diese Geschichte überhaupt abnahm.

Hauser blätterte weiter flüchtig durch das Album, bevor er es mit einem lauten Knall zuklappte. Als er aufblickte, schien es, als habe er gerade einen Entschluss gefasst.

»Ich möchte eines von Ihnen wissen«, sagte er leise, wobei er die beiden Polizistinnen abwechselnd ansah. Er hielt für einen Moment inne, musste sich sammeln.

»Dieser Name, den Sie da vorhin erwähnt haben … Rena Heitkamp. Was … was hat es damit genau auf sich? Und bitte … falls damit irgendwelche unangenehmen Neuigkeiten verbunden sein sollten, scheuen Sie sich nicht. Ich meine … ich bin Brittas Ehemann, und ich denke, ich habe ein Recht darauf, zu erfahren, wenn da irgendwas nicht in Ordnung ist.«

Nina Jürgens machte einen Schritt auf Wiebke Eden zu und zog sie sanft beiseite.

»Ich fürchte, wir werden es ihm sagen müssen.«

## Kapitel 8

*Zwei Wochen zuvor ...*

Wie so oft im Leben konnte er sich nicht entscheiden. Das war bei ihm schon als Kind so gewesen. Stellte man ihn vor ein Regal mit zwei Kaugummisorten, brauchte er Minuten, um Vor- und Nachteile der beiden Sorten gegeneinander abzuwägen. Und hatte er endlich eine Wahl getroffen, beschlich ihn jedes Mal sofort danach das ungute Gefühl, dass es die falsche gewesen sein könnte. Ein paar Sekunden darauf war er sich deswegen sogar sicher und hätte gerne noch einmal zurückgetauscht, aber dafür war es meist zu spät, denn die Kaugummis befanden sich damals schon im Kassenbereich, und dort hatte bekanntlich niemand Zeit, auf einen unschlüssigen Jungen zu warten, weder seine ewig genervte Mutter noch die gestresste Kassiererin oder sonst irgendjemand.

Und genauso war es noch heute. Rote Rosen oder weiße? Direkt daneben, in dem Kübel, befanden sich auch welche mit einer zarten orangen Einfärbung. Sollten es überhaupt Rosen sein? Hatte sie nicht einmal erwähnt, dass sie diese Sorte Blumen nicht mochte?

Er war sich lediglich sicher, dass sie Hyazinthen nicht ausstehen konnte. Vor allem nicht ihren Geruch, von dem sie behauptete, Kopfschmerzen zu bekommen. Oder eine Art Allergie. Vielleicht sogar beides. Vielleicht waren die Kopfschmerzen auch nur eine Folge der Allergie.

Hauser ging ein paar Schritte weiter, als er bemerkte, dass er einer Kundin im Weg stand, die offensichtlich genau wusste, was sie wollte. Sie bedachte den Mann neben ihr mit einem ätzenden Blick, bevor sie einen bereits gebundenen Strauß orangeroter Rosen aus einem der Wasserkübel zupfte und energisch damit zur Kasse marschierte.

Hauser sah der Frau nach, registrierte die Wassertropfen, die sich von den schräg angeschnittenen Rosenstängeln lösten und auf dem grauen Steinfußboden der Gärtnerei eine unregelmäßige Spur hinterließen.

Die Kundin unterhielt sich für einen kurzen Moment mit der Kassiererin, zahlte und verließ darauf den Laden. Über der Tür bimmelte eine altmodische Glocke.

Die Angestellte warf Hauser einen prüfenden Blick zu. Er wandte sich ab und begann damit, sich für die hinter ihm ausgestellten Orchideen zu interessieren, wobei er gleich im ersten Augenblick von der Vielzahl der Arten und Farben geradezu erschlagen wurde.

Ein Gefühl der Unruhe stieg in ihm hoch. Dasselbe Gefühl, das er schon als Junge gespürt hatte, wenn er nach den Kaugummis griff.

»Kann ich Ihnen helfen?«

Hauser zuckte leicht zusammen. Er hatte nicht bemerkt, dass sich die Angestellte genähert hatte. Beiläufig stellte er fest, dass er im Augenblick der einzige Kunde im Laden war. Er lächelte flüchtig und kam sich dabei aufdringlich und fehl am Platz vor, so als hätte er die Verkäuferin gerade bei einer wichtigen Sache gestört.

»Ich suche Blumen für meine Frau.«

Zu seiner Erleichterung lächelte die Verkäuferin. Kein hämisches Lächeln in der Art, dass sie sich über ihn lustig machen wollte, sondern ein authentisches, eines, das ihm das gute Gefühl gab, gerade etwas Richtiges zu tun.

»Für einen bestimmten Anlass?«, fragte die Angestellte, eine Frau mit rotblondem Pferdeschwanz und Sommersprossen. Sie hatte sich eine grüne Schürze umgebunden und ihre Fingerspitzen waren schwarz von Blumenerde.

»Hochzeitstag«, antwortete Hauser und schob ein wenig verlegen hinterher: »Der zwanzigste.«

Das Lächeln der Verkäuferin hielt stand. Die Frau blickte sich suchend um, hob kurz ihre rechte Hand und ging in der Luft mit ihren Fingern über das vorhandene Angebot hinweg.

»Was mag Ihre Frau denn besonders?«

Zu dieser Zeit hatte Hauser noch keine Ahnung von den Dingen, die sie über zwei Jahre lang vor ihm geheim gehalten hatte. Seine Antwort wäre sonst an dieser Stelle sarkastischer ausgefallen.

So aber ließ er, gutgläubig, wie er schon immer gewesen war, seinen Blick über die Blumen schweifen und antwortete: »Rosen. Ich glaube, es sind Rosen.«

»Sie glauben?«, fragte die junge Frau amüsiert. Sie nickte ihm zu, ihr zu folgen, und Hauser trottete hinterher.

Sie blieben an der Stelle stehen, von der er gekommen war.

»Wie wäre es mit den Baccaras?« Sie drehte sich zu ihm um und fügte hinzu: »Ein Klassiker.«

Hauser trat von einem Bein auf das andere. »Ich fürchte, ihr wird die Farbe zu aufdringlich sein. Wissen Sie, es ist nicht so einfach …«

»Ich sehe schon«, antwortete die Verkäuferin lachend. »Ist aber überhaupt kein Problem. Wir werden schon was finden. Was wollen Sie Ihrer Frau denn mit den Blumen sagen?«

»Hm?«

»Was Sie mit dem Strauß ausdrücken wollen. Ich meine, außer dass Sie sie nach zwanzig Jahren noch immer lieben.«

»Dass ich ihr immer treu sein werde«, antwortete Hauser. Er war selbst erstaunt, wie spontan und mit welcher Vehemenz ihm diese Worte über seine Lippen gegangen waren. Und was er dabei gespürt hatte. Ein Gefühl der Verbundenheit, der innigen Zuneigung zu Britta. Liebe, fast so wie ganz am Anfang. Nicht ganz so stürmisch und zügellos, sondern reifer. Vielleicht sogar ehrlicher.

»Warum dann nicht die weißen hier?«, fragte die Angestellte. Sie zupfte aus einem Kübel eine einzelne Rose heraus und hielt sie ihm hin. Hauser nahm den zarten Duft wahr, der von der Blume ausging.

»Weiß ist auch eine Farbe und ein Zeichen der Treue«, erklärte die Verkäuferin.

»Ach, tatsächlich?«

Zwei Minuten später verließ Hauser das Geschäft, noch immer in dem Gefühl, das Richtige zu tun. Es war kurz vor Ladenschluss, als er über den Parkplatz der Gärtnerei ging, einen großen Strauß weißer Rosen in beiden Händen.

»Stefan?«

Die Stimme ließ ihn herumfahren. Hauser blinzelte gegen das Licht der tiefstehenden Sonne. Er hob die rechte Hand, schirmte damit die Helligkeit ab. Eine Silhouette näherte sich. Ein Mann in kurzen Hosen und Turnschuhen. Teures Designerhemd, kurzärmlig und knitterfrei. Ein Schwall Männerparfüm wehte dem anderen voraus.

»Stefan, Mensch. Wir haben uns ja ewig nicht gesehen.«

Das stimmte. Drei Jahre mochten es sein. Vielleicht sogar mehr.

Martin Specht. Vor einer gefühlten Ewigkeit hatten sie in Esens die Schulbank zusammen gedrückt. Danach hatten sich ihre Wege getrennt, und erst auf der Weihnachtsfeier von Brittas Firma vor ein paar Jahren waren sie sich überraschend über den Weg gelaufen. Specht hatte es privat und beruflich nach Wilhelmshaven verschlagen, zu einer Firma, die an der Planung von Windkraftanlagen beteiligt war. Die Firma, in der auch Britta untergekommen war, als Assistentin der Geschäftsleitung. Die Firma, die sie zu vielen dienstlichen Reisen verpflichtete, die aber seitdem auch nicht ganz unerheblich für den Wohlstand der Familie Hauser verantwortlich war, was Hauser allerdings wie so oft mit gemischten Gefühlen und aus der Distanz betrachtete.

Hauser ließ es zu, dass der andere ihm kameradschaftlich auf die Schulter klopfte.

Er blinzelte über den spärlich besuchten Parkplatz und kam zu dem Schluss, dass der große BMW Specht gehörte. Zusammen mit der teuren Kleidung ergab das durchaus Sinn.

Specht erkundigte sich nach Hausers Befinden, scherzte und lachte dabei.

Hauser begann sich unwohl zu fühlen, ohne den eigentlichen Grund dafür zu kennen. Er antwortete meist einsilbig, und je länger die Unterhaltung andauerte, desto größer wurde sein Wunsch, in seinen Wagen zu steigen und wegzufahren, ganz egal wohin.

»Geburtstag? Oder hast du was ausgefressen?«

Specht deutete auf den Blumenstrauß, der in Hausers Händen mit jeder weiteren Minute schwerer wurde.

»Hochzeitstag«, antwortete er mechanisch und schob beinahe sofort hinterher: »Der zwanzigste.«

»Mensch, gratuliere«, platzte es aus Specht heraus. Erneuter Klopfer seitlich gegen die Schulter. Hauser hatte es bereits kommen sehen und sich mit seinem Gewicht dagegengestemmt.

»Und wie geht es Britta so?«

Das Gefühl, dass etwas nicht so war, wie es sein sollte, wuchs in Hauser weiter an. Dabei gab es augenblicklich noch nicht einmal einen richtigen Grund zur Beunruhigung. Es war mehr ein vages Gefühl. Allerdings eines, das wie ein saurer Klumpen im Magen hockte und immer mehr zu drücken begann, sodass Hauser bald keine bequeme Position mehr finden würde.

»Danke. Es geht ihr sehr gut.« Was hätte er auch anderes antworten sollen? Immerhin war dies genau der Eindruck, den er von seiner Frau hatte, auch wenn sie immer seltener zu Hause war. Aber es war Sommer, und das Geschäft lief auf Hochtouren.

»Was macht sie denn jetzt? Hat sie einen neuen Job?«

»Einen neuen Job?« Hauser verzog schmerzhaft das Gesicht, als ihn das Sonnenlicht in den Augen pikte.

»Ja«, plauderte Specht weiter, »der alte Brunkhorst wollte sie ja eigentlich gar nicht gehen lassen. Hat zwei Jahre gebraucht, um überhaupt einen passenden Ersatz für Britta zu finden. Er redet heute noch von ihr.«

*Redet heute noch von ihr …*

Plötzlich fiel der Vorhang, der Hauser seit mindestens zwei Jahren die Sicht erschwert hatte. Ein Nebel, der sich mit einem Mal lichtete. Aber es war kein angenehmes Gefühl. Im Gegenteil. Hauser war, als würde er nackt und frierend in der Kälte stehen.

*Zwei Jahre*, dachte er. Seit zwei Jahren arbeitete Britta nicht mehr in der Firma, fuhr vermutlich nicht einmal mehr nach Wilhelmshaven, sondern … wohin?

Mit einem Mal bekamen die Dinge für ihn einen Sinn. All die kleinen Situationen, in denen er drauf und dran gewesen war, sie zu fragen. Wohin dieses Mal? Mit dem kleinen Koffer? Ein neues Kleid. Schmuck.

Alles Dinge, die Brunkhorst ihr gekauft hatte, damit sie vor Geschäftspartnern einen guten Eindruck machte.

Hausers Gesichtszüge verhärteten sich. Ja, dachte er, einen guten Eindruck hatte sie ganz sicher gemacht, als die attraktive Fünfzigjährige, die sie war.

Und dann all die Geschenke, die sie Emma gemacht hatte, ihrer gemeinsamen Tochter. Und nur Emma. Nicht etwa Kevin. Oder vielleicht sogar ihm, Hauser.

Er hatte sich nie für ihre Korrespondenz interessiert, nie gefragt, warum sie den Steuerberater gewechselt hatte. Einblick auf ihre Kontobewegungen hatte er nie gehabt. Das alles war nie wichtig für ihn gewesen. Er hatte ihr vertraut.

»Sag mal, stimmt was nicht?«, fragte Specht. »Hab ich vielleicht was Falsches gesagt oder so?«

Hauser reagierte nicht. Er sah durch den anderen hindurch. Seine Hand, die den Blumenstrauß hielt, sackte Stück für Stück herunter, bis das hauchdünne Einpackpapier leise knisternd den Boden berührte.

Specht verstummte. Alles verstummte. Die Welt um Hauser herum begann sich zu drehen. Er sah keine Bilder mehr, nahm nichts mehr wahr. Seine Umgebung war verschwommen, genau wie seine Gedanken. Er bekam keinen davon mehr richtig zu fassen.

Ein Geräusch ließ ihn schließlich aufschrecken. Das Zuknallen einer Autotür und das unmittelbar darauffolgende Starten eines Motors. In einer Staubwolke schoss Spechts BMW an ihm vorbei und war im nächsten Augenblick verschwunden.

Der Staub legte sich langsam um Hauser herum, setzte sich als feine Schicht auf den weißen Rosen ab. Der Strauß glitt ihm aus seinen Händen, platschte auf den Boden zu seinen Füßen. Der leichte Wind ließ das Papier knistern.

In der Gärtnerei wurde das Licht ausgeschaltet. Irgendwo im Innern fiel eine Tür zu. Eine andere wurde geöffnet. Schlüssel klirrten leise.

Hauser erblickte die Angestellte, die ihm die Blumen verkauft hatte, zum Hochzeitstag, zum zwanzigsten.

Er machte auf der Stelle kehrt, wollte nicht hier und vor allem nicht so von ihr gesehen werden.

Er hastete die wenigen Schritte bis zu seinem Wagen, zog die Tür auf und rammte den Schlüssel in das Zündschloss.

Er musste auf dem Parkplatz wenden und glaubte, dabei den Blumenstrauß überfahren zu haben. Aber was machte das schon.

Er vermied es, in den Rückspiegel zu sehen. Vielleicht hatte er Angst, die Verkäuferin hätte das Schauspiel beobachtet, hätte sich zunächst über die zerquetschten Rosen gebeugt, um dann seinem Wagen nachzusehen. Ihm nachzusehen.

Als er nach Hause kam, war er beinahe erleichtert, Brittas Wagen nicht in der Garage zu sehen. Er hätte es nicht ertragen, ihr zu begegnen. Morgen vielleicht, aber nicht jetzt, nicht heute, nicht mit den frischen Eindrücken in seinem Schädel, die noch immer umherwirbelten und sich ganz bestimmt nicht so schnell legen würden wie der Staub auf dem Parkplatz vor der Gärtnerei.

Er stieg aus dem Auto und vergaß, es abzuschließen. Er folgte wie in Trance den Gehwegplatten, die auf das Haus zuführten. Die Tür war nicht verschlossen. Er trat ein und ließ sie hinter sich zufallen.

Aus Kevins Zimmer tönte Musik. Heute war die Lautstärke auszuhalten. Vermutlich saß er an seinem PC und spielte irgendein Game mit irgendwelchen Freunden, die Hauser noch nie zu Gesicht bekommen hatten. Weil sie alle, genau wie Kevin, nur ihr Zuhause verließen, um zur Schule oder zur Arbeit zu gehen.

Kevin hing an seiner Mutter. Vielleicht mehr noch als seine Schwester. Hauser war sich in diesem Punkt ziemlich sicher, obwohl er das niemals laut gesagt hätte.

Emma war da anders. Gerade sechzehn geworden und jetzt schon mehr Frau als Kind und trotzdem noch irgendwie in diesem Mysterium gefangen, das sich Pubertät nannte.

Er stellte seine Aktentasche im Hausflur ab. Eigentlich rutschte sie ihm mehr aus den Händen und blieb rein zufällig an dem Platz stehen, an dem er sie auch sonst oft abstellte.

Im Essbereich des Wohnzimmers war der Tisch gedeckt. Auf seinem Platz ein Zettel mit ihrer Schrift:

*Sorry, Schatz. Musste nochmal weg. Bin morgen Abend zurück. Habe etwas gekocht. Alles Gute zum zwanzigsten!*

*PS: Das kleine Päckchen auf der Anrichte ist für dich!*

Hauser ließ das Blatt sinken, ließ es auf den Teller zurückfallen. Er hob den Kopf, blickte zur Anrichte herüber. Vor ihrem Hochzeitsfoto lag ein kleines, in dunkelblaues Papier eingewickeltes Päckchen.

Er wollte nicht, aber er wusste, dass er ansonsten den ganzen Abend herumschleichen und einen Vorwand suchen würde, um zur Anrichte zurückzukehren. Also konnte er es ebenso gut gleich hier und jetzt hinter sich bringen.

Der Platz vor dem gerahmten Bild, das sie beide zeigte, war der Ort, an dem sie jedes Jahr die Geschenke zum Hochzeitstag füreinander ablegten.

Hauser hatte Britta heute Morgen, bevor er aus dem Haus gegangen war, ein Päckchen hinterlassen, das ebenfalls eingepackt gewesen war und ein Paar Ohrringe enthalten hatte. Sie waren nicht gerade günstig ausgefallen, aber in diesem Punkt hatte sich Hauser noch nie kleinlich angestellt.

Er blieb vor der Anrichte stehen. Eine Minute verstrich, ohne dass er sich rührte. Dann mit einem Mal packte es ihn, und er griff nach dem Geschenk und zerfetzte das Papier.

Sie hatte ihm eine neue Armbanduhr gekauft. Ein Modell, von dem er ihr vor ein paar Wochen erzählt hatte, ohne jeglichen Hintergedanken. Sie befand sich in einem kunstvoll gestalteten Holzkästchen.

Hauser presste seine Lippen aufeinander. Seine Knie zitterten leicht.

Britta hatte die Uhr ausgesucht, aber bezahlt hatte sie ein anderer.

Hauser packte das Kästchen fester und schmetterte es mit aller Kraft gegen die Wand. Eigentlich hatte er das Hochzeitsfoto treffen wollen, doch er verfehlte sein Ziel um gute fünf Zentimeter. Das Kästchen zersplitterte in alle Einzelteile und hinterließ eine lange Schramme in der Tapete. Die Uhr rutschte heraus und fiel klappernd hinter die Anrichte, wo sie heute vermutlich noch lag.

Er atmete schwer. Schwitzte. Er hob seine Hände und bedeckte sich damit sein Gesicht. Er weinte nicht. Das hatte er niemals getan, obwohl er es sich manches Mal gewünscht hätte, wie beim Tod seines Vaters vor vier Jahren.

Er presste sich seine Finger gegen die Schläfen. Fester und fester.

Dann plötzlich ein Geräusch hinter ihm. Großer Gott, dachte er, wenn das jetzt Britta wäre. Langsam drehte er sich herum und blickte seine Tochter an, die auf der Schwelle zur Küche stand.

»Was ist denn mit dir los?«

Hauser antwortete nicht. »Isst du heute Abend nicht mit uns?«, fragte er stattdessen.

Emma schüttelte energisch den Kopf. »Nö! Hab ’ne Verabredung.«

»Ein Junge?«, fragte Hauser. Er wusste nicht einmal, warum er das fragte. Vielleicht reagierte er nur so, um überhaupt etwas zu sagen. Um von sich und dem jämmerlichen Bild abzulenken, dass er mit Sicherheit gerade bot.

Emma rollte mit den Augen. »Eine Verabredung, kein Date! Ich treffe mich mit ein paar Freunden bei Lynn.«

»Schon gut«, antwortete Hauser. Aus den Augenwinkeln beobachtete er, wie sich seine Tochter eine schwarz glänzende Lederjacke überstreifte, obwohl es dafür draußen viel zu warm war.

»Ist die neu?«, fragte er.

»Hat Mom mir mitgebracht«, antwortete sie, grüßte und war im nächsten Moment im Hausflur verschwunden. Teenager haben nie Zeit.

Hauser hörte kurz darauf die Tür gehen.

## Kapitel 9

*Rena Heitkamp.*

Endlich war der Name gefallen, und für Hauser war aus Sicht der beiden Polizistinnen innerhalb weniger Stunden abermals eine Welt in sich zusammengebrochen.

»Zwei Jahre«, flüsterte Hauser. Sie waren in die Küche gegangen, wo er ein Glas Wasser auf ex getrunken hatte.

»Ich hatte keine Ahnung davon. Bis vor zwei Wochen. Da hatte ich zum ersten Mal den Verdacht, dass sie mich betrügt.« Er hielt inne. »Nein, es war kein Verdacht mehr. Es war Gewissheit. Aber dass sie ein Doppelleben geführt hat … das habe ich nicht für möglich gehalten.«

»Das hat wohl niemand«, sagte Wiebke Eden. »Und niemand würde mit so etwas rechnen. Sie sollten sich deswegen keine Vorwürfe machen. Falls Sie das gerade tun.«

Ein mattes Lächeln huschte über Hausers Gesichtszüge. Er schob das leere Glas von sich, so als würde ihn mit einem Mal alles anwidern.

»Was ist mit Ihren Kindern?«, fragte Nina Jürgens. »Glauben Sie, dass die beiden es wissen?«

»Nein«, antwortete Hauser. »Nein, das glaube ich nicht. Sie hätte es den beiden niemals erzählt.«

»Sie könnten es selbst herausgefunden haben«, gab Wiebke zu bedenken.

Hauser schüttelte nur den Kopf. Immer wieder, so als würde er die Frage im Stillen und nur für sich ständig wiederholen.

»Herr Hauser, das Ganze muss für Sie furchtbar schmerzvoll und verstörend sein«, sagte Wiebke vorsichtig, »dennoch kommen wir wohl nicht darum herum, Ihnen eine Frage zu stellen.«

Er blickte auf, nickte. »Sie wollen wissen, wo ich zur Tatzeit gewesen bin, richtig? Natürlich. Das müssen Sie ja wohl fragen. Jeden, der mit meiner Frau Kontakt hatte. Haben Sie das auch ihren … Lover gefragt? Und was hat er gesagt?«

»Wir werden jeden zu diesem Punkt vernehmen«, antwortete Wiebke ausweichend.

»Also gut. Um welche Zeit geht es denn überhaupt? Ich meine … wann glauben Sie, dass es passiert ist?«

»Wir gehen von den frühen Morgenstunden aus. Zwischen sechs und acht Uhr.«

»Da bin ich hier gewesen. Hier im Haus. Ich habe bis um kurz vor neun geschlafen.«

»Sie sind heute nicht arbeiten gegangen?«, hakte Nina Jürgens nach.

»Nein. Ich habe mich heute Morgen nicht gut gefühlt und mich in der Firma abgemeldet.«

»Waren Sie bei einem Arzt?«

»Nein. Ich habe genug Überstunden.« Hauser gab ein hartes, humorloses Lachen von sich. »Mehr als genug.«

»Kann eines Ihrer Kinder bestätigen, dass Sie von gestern Nacht auf heute Morgen hier gewesen sind?«

»Nein«, antwortete Hauser sofort.

Wiebke Eden zog die Augenbrauen hoch. »Warum nicht?«

Stefan Hauser starrte mit leerem Blick auf die Tischdecke. »Kevin war den ganzen Abend in seinem Zimmer. Und während der ganzen Zeit lief seine Musik. Ich habe mich dann irgendwann schlafen gelegt.« Er vollführte eine Handbewegung in Richtung seines Gesichts. »Ich habe diese Dinger für die Ohren, wissen Sie? Da bekomme ich nichts mehr mit.«

»Und was ist mit Ihrer Tochter?«, hakte Nina Jürgens nach.

»Ist jeden Abend unterwegs. Hängt ständig mit ihren Freunden irgendwo ab. So nennt man das ja wohl heute. Ich bekomme sie kaum noch zu Gesicht. Als ich heute Morgen aufstand, waren beide schon aus dem Haus. Emma besucht die weiterführende Schule in Wittmund und Kevin hat eine Lehre zum Informatiker angefangen.«

»Herr Hauser«, sagte Wiebke Eden mit Bedacht, »das alles klingt nicht besonders günstig für Sie. Vor allem nicht vor dem Hintergrund, dass Sie seit zwei Wochen wissen, dass Ihre Frau Sie betrügt.«

»Ich weiß«, antwortete er leise. »Aber so ist es nun mal.«

Nina Jürgens stieß sich von der Arbeitsfläche ab, kam näher, zog sich einen Stuhl heran und setzte sich dem Hausherrn gegenüber.

»Was ist denn eigentlich passiert, nachdem Sie es herausgefunden hatten? Haben Sie Ihre Frau darauf angesprochen?«

»Nein.« Hausers Stimme wurde immer leiser. Gleich würde er nur noch mit dem Kopf schütteln.

»Sie haben ihr nicht zu verstehen gegeben, dass Sie von ihrem Geheimnis wussten?«, hakte die Kommissarin aus Wittmund weiter nach.

Er schüttelte den Kopf.

»Warum nicht?«

Hauser blickte auf. »Weil ich ein Feigling bin. Und das schon immer. Ich habe einfach nicht den Mut dafür aufgebracht.«

»Sie haben Ihre Frau dieses Spiel weiterspielen lassen«, sagte Nina Jürgens, »und haben dabei selbst so getan, als wäre alles in Ordnung?«

»Vor zwei Tagen«, begann er und saß plötzlich wie erstarrt.

»Was war vor zwei Tagen?«, hakte Wiebke nach. Währenddessen ein kurzer Blick zur Küchenuhr. Wenn die richtig ging, konnte sie die letzte Fähre nach Spiekeroog vergessen.

»Vor zwei Tagen«, unternahm Hauser einen neuen Anlauf, »habe ich versucht, sie zur Rede zu stellen. Ich habe nicht gesagt, was ich wusste oder vermutete, das konnte ich nicht riskieren. Aber ich fragte sie, wie sie sich unser weiteres Leben vorstellt.«

»Wie hat sie darauf reagiert?«, fragte Nina Jürgens.

Hauser lächelte gequält. »Sie hat mich angesehen, mindestens eine Minute lang und ohne etwas zu sagen. Wissen Sie, wie lange einem so eine Minute vorkommen kann?« Hausers Hände langten vor, griffen nach dem Wasserglas. Er drehte es gedankenverloren zwischen seinen Fingern.

»Sie wollte vielleicht herausfinden, ob ich etwas wusste. Jedenfalls war da dieser Ausdruck in ihrem Gesicht. In ihrem Blick. Aber ich bin nicht eingeknickt, so wie sonst. Dieses Mal nicht. Ich habe ihrem Blick standgehalten. Und sie … sie hat mich gefragt, was mit mir los wäre. Nichts, sagte ich. Gar nichts. Ich musste meine Frage wiederholen. Und da ist sie wütend geworden. Sie ist von ihrem Stuhl aufgesprungen und hat mir an den Kopf geworfen, dass sie das erste Mal in ihrem Leben glücklich sei und dass sie sich das von niemandem kaputtmachen ließe. Am allerwenigsten von mir. Das waren ihre Worte.«

»Also hat sie vermutlich geahnt, dass ihre Tarnung aufgeflogen war?«, fragte Wiebke.

»Ich weiß es nicht«, lautete seine Antwort. Hauser sah wieder betreten drein. »Jedenfalls ergab ein Wort das andere. Der Abend endete damit, dass sie ein paar Sachen an sich gerafft hat und abgehauen ist. Ich hatte keine Ahnung, wohin.«

»Sie hatten die Hoffnung, dass sie wiederkommt?«

»Vielleicht«, räumte er ein.

»Aber sie kam nicht.«

»Nein.«

Nina Jürgens beugte sich vor. »Eines verstehe ich dabei nicht: Ihre Frau war doch anscheinend häufiger zwei Tage oder länger weg. Und doch sind Sie bisher nie auf die Idee gekommen, sie bei der Polizei als vermisst zu melden.«

»Nein«, antwortete Hauser. »Aber dieses Mal war es anders.«

»Sie wollten daraus eine offizielle Sache machen«, sagte Wiebke. »Weil Sie sich erhofften, vielleicht auf diese Weise zu erfahren, wo Ihre Frau ihre übrige Zeit verbringt, wenn sie nicht hier ist.«

»Das Ganze war eine Schnapsidee«, antwortete er. »Sie hat zu nichts geführt. Außer zu Brittas Tod.«

»Das ist nicht Ihr Verschulden«, gab Wiebke zurück und ertappte sich selbst bei der Frage, ob das wirklich stimmte.

Hauser reagierte nicht darauf. Er sah die beiden Polizistinnen über den Rand seines Glases an und fragte: »Ist das alles, was Sie wissen wollten? Ich fühle mich nämlich sehr müde und würde mich gerne noch etwas ausruhen. Außerdem muss ich versuchen, Emma zu erreichen. Sie weiß ja noch von nichts.«

»Ich denke, wir haben Sie für heute genug in Anspruch genommen«, fasste Nina Jürgens zusammen.

Die beiden Kommissarinnen erhoben sich gleichzeitig von ihren Plätzen.

»Jetzt versuchen Sie erstmal, etwas Ruhe zu finden. Und falls Ihnen noch etwas einfällt oder sich noch etwas ergeben sollte, rufen Sie uns einfach an.«

»In Ordnung«, sagte Hauser leise. Er wirkte, als sei er mit seinen Gedanken wieder ganz woanders, was in Anbetracht seiner Lage sogar verständlich schien.

Die beiden Polizistinnen verabschiedeten sich und traten nach draußen. Die Sonne war inzwischen weiter Richtung Westen gewandert und leuchtete in satten, orangeroten Farben. Es war noch immer heiß, und der Wind wehte hier nicht so intensiv wie auf den Inseln.

Sie waren bei ihren Wagen angekommen, die vor dem Haus am Straßenrand parkten. Nina Jürgens stemmte ihre Hände in die Hüften. »Das ist ja eine schöne verworrene Kiste.«

Wiebke Eden nickte. »Mir passt dabei vor allem nicht, dass Hauser nicht die Spur eines Alibis hat.«

Sie blickten zum Haus hinüber, das scheinbar friedlich in der Abendsonne vor sich hin döste.

»Ich werde mich so schnell wie möglich mit den beiden Kindern unterhalten«, erklärte die Kommissarin vom Festland. »Am besten gleich morgen früh, wenn das für Sie in Ordnung ist?«

»Klar«, antwortete Wiebke. »Ich denke allerdings, wir sollten uns von dem Bild verabschieden, dass wir es hier mit Kindern zu tun haben. Kevin ist erwachsen, und Emma haben wir bisher noch nicht kennengelernt.«

»Ich schätze, dass wir dazu gleich die Gelegenheit haben werden.« Nina Jürgens blickte an ihrer Kollegin vorbei, die Straße herunter.

Dort näherte sich mit röhrendem Motor ein Wagen. Er funkelte und blitzte in der Sonne. Aus seinem Innern drangen im schnellen Takt dumpfe Bässe.

Ein Audi A3 in der Sportausführung. Getönte Seitenscheiben, breitere Bereifung, und das waren nur einige der Extras, die von außen sichtbar waren.

Der Wagen hielt aufreizend dicht vor den beiden Frauen, der Motor röhrte noch einmal vollkommen unnötigerweise auf, bevor er endlich abgestellt wurde. Die stampfenden Technobeats liefen weiter, ließen die Karosserie erzittern.

Hinter dem Steuer saß ein aufgepeppter Milchbubi, dessen achtzehnter Geburtstag vermutlich keine drei Tage her war. Sein blondes Haar war mithilfe von Stylingcreme zurechtfrisiert, einzelne Strähnen hingen ihm in die blasse Stirn, vermutlich um seine Akne zu überdecken.

Auf dem Beifahrersitz saß ein dunkelhaariges Mädchen, das sich sein langes Haar zu einem Pferdeschwanz band. Dazu hielt sie das Haargummi zwischen ihren weißen Zähnen, bis sie ihre wilde Mähne gebändigt hatte.

Als sie damit fertig war, beugte sie sich zu dem bleichgesichtigen Fahrer hinüber und hauchte ihm einen Kuss auf die Wange. Sie wollte aussteigen. Er hielt sie zurück. Sie küssten sich inniger, bis sie sich von ihm löste und die Beifahrertür öffnete. Endlich verstummte auch die Musik.

Auf der Rückbank beugten sich neugierig zwei junge Männer leicht nach vorne und glotzten durch die Windschutzscheibe.

»Hey Emma, willst du uns nicht deine beiden scharfen Tanten vorstellen?«

Die jungen Männer stimmten ein kollektives Gelächter an.

»Klappe, ihr Spinner«, erwiderte das Mädchen lachend und warf die Tür zu.

Sofort glitten nahezu sämtliche Seitenscheiben herunter.

Der blonde Fahrer grinste die beiden Frauen an. »Lust auf ’ne Spritztour?«

Wiebke Eden und Nina Jürgens tauschten einen kurzen Blick miteinander, dann traten sie zusammen vor. Sie drehten sich dabei so, dass ihre Dienstwaffen zu sehen waren.

»Ach du Scheiße«, rief jemand von der Rückbank, »sind das etwa Bullen?«

Wiebke Eden beugte sich zum Fahrer herunter. Ihr drang eine elende Geruchsmischung aus aufgestauter Hitze, Schweiß und verschiedenen Deos entgegen. Außerdem roch sie noch etwas, das ihr nicht unbekannt war. Die Kommissarin schnupperte demonstrativ.

»Alter Schwede, was habt ihr denn geraucht?«

Die Augen des Blonden weiteten sich. Dabei lief er rot an, vermutlich genauso wie seine beiden Mitfahrer, die mit einem Mal verstummt waren.

Im offenen Aschenbecher des Wagens glühten noch die Reste eines Joints. Der Fahrer blickte immer wieder dorthin und verfluchte sich vermutlich gerade, dass er die Klappe nicht geschlossen hatte, als noch Zeit dazu gewesen war.

»Wir … wir wollten …«, stammelte er.

Wiebke deutete auf den Aschenbecher, aus dem eine dünne Rauchsäule aufstieg.

»Mach den Scheiß aus!«

»Klar. Na klar!«

Der Fahrer verfiel in blinde Hektik, griff nach dem Stummel, fluchte, weil er sich offenbar die Fingerspitzen angesengt hatte, und drückte endlich die Glut aus. Mit einer wütenden Bewegung knallte er die Abdeckung des Aschenbechers zu und befeuchtete seine Finger mit seiner Zungenspitze.

Wiebke sah die drei jungen Männer der Reihe nach an.

»Habt ihr alle das Zeug geraucht? Na, kommt schon, wie wär's, wenn ihr antworten würdet?«

Einer der Jungs, ein Dunkelhaariger mit Brille und roten Wangen, beugte sich auf der Rückbank nach vorne.

»Ich nicht.«

Wiebke bedeutete ihm mit dem Zeigefinger, herzukommen.

Der junge Mann nickte eifrig, stieg aus und umrundete den Wagen. Die Kommissarin blickte ihm kurz in die Pupillen.

»Hast du schon einen Führerschein?«

Er nickte, wobei sein Gesicht noch mehr anlief. Dann griff er zu seinem Portemonnaie und zeigte Wiebke das Dokument.

Die Kommissarin nickte ebenfalls, bevor sie sich wieder dem Fahrer zuwandte.

»Ihr werdet jetzt die Plätze tauschen, klar?«

Der junge Mann am Steuer wollte etwas erwidern, überlegte es sich jedoch anders. Er presste seine Lippen aufeinander und stieß die Fahrertür auf.

Wiebke Eden wartete geduldig ab, bis der Wechsel vollzogen war, und erklärte gelassen: »Ihr könnt verdammt froh sein, dass wir gerade was anderes zu tun haben. Und jetzt zu, dass ihr die Biege macht!«

Das ließen sich die jungen Männer nicht zweimal sagen. Der Motor wurde angestellt, gleichzeitig jagten die Seitenscheiben nach oben. Der Fahrer rammte den Rückwärtsgang ins Getriebe und wendete auf der schmalen Straße. Mit quietschenden Reifen schoss der Audi davon.

Das dunkelhaarige Mädchen schien der ganzen Szene keinerlei Beachtung zu schenken. Sie stand am Zugang des Vorgartens und sah die beiden Frauen an, die sich ihr in diesem Moment zuwandten.

»Bist du Emma Hauser?«, fragte Nina Jürgens.

Das Mädchen sah die Kommissarin skeptisch an. Dann nickte sie.

»Mein Name ist Nina Jürgens von der Kripo Wittmund. Das ist meine Kollegin Wiebke Eden von Spiekeroog. Dürfen wir noch du zu dir sagen?«

Wieder ein Abwarten. Die Dunkelhaarige zuckte mit den Schultern. »Schätze mal schon.«

»Hör mal«, sagte Nina Jürgens gedehnt, »gibt es hier vielleicht einen Ort, wo wir ungestört miteinander sprechen können?«

»Weiß nicht«, gab Emma zurück. »Ich kann mir außerdem schon denken, worüber Sie mit mir reden wollen. Sie sind hier, um mir zu sagen, dass irgendwas mit meiner Mutter passiert ist, stimmt's?«

»Das ist leider wahr«, gab die Kommissarin zu. »Hör zu, Emma, das wird jetzt für uns beide nicht leicht. Es tut mir sehr leid, aber deine Mutter ist tot.«

Beide Polizistinnen hatten bereits ihre Erfahrungen in dieser Art von Situationen sammeln müssen. Nie war es leicht, einem Menschen den Tod eines engen Angehörigen mitzuteilen, und die Reaktionen auf diese Information fielen oftmals vollkommen unterschiedlich aus. Einige brachen an Ort und Stelle zusammen, andere reagierten zunächst ruhig und gelassen und wurden dann später von ihren eigenen Gefühlen übermannt.

Emma Hauser gehörte offenbar zu keiner dieser Gruppen. Sie zeigte keinerlei Reaktion. Sie sah Nina Jürgens wie selbstverständlich an. Allenfalls lag in ihrem Blick ein leicht trotziger Ausdruck.

Wie beiläufig versenkte sie ihre rechte Hand in der Seitentasche ihrer Lederjacke und zog eine kleine Plastikdose heraus, die Kaugummis enthielt. Sie öffnete den Verschluss, schüttete sich eines davon direkt in den Mund und ließ die Dose anschließend wieder verschwinden.

»Hast du verstanden, was ich dir gerade gesagt habe?«, hakte Nina Jürgens nach.

»Klar«, antwortete Emma, »bin ja nicht schwerhörig. Meine Mutter ist tot. Ich hab's schon kapiert. Kann ich jetzt reingehen?«

Wiebke Eden trat an die Seite ihrer Kollegin. Auch sie sah das Mädchen an.

Emma Hauser war blass, wenn auch nicht so kreideweiß wie der Audi-Typ, mit dem sie sich eingelassen hatte. Ihr schwarzes Haar bildete einen krassen Kontrast zu ihrer Gesichtsfarbe. Sie war dezent geschminkt, vor allem um die Augen herum, die sie damit geschickt zur Geltung brachte. Sie hatte die Augen ihrer Mutter, und Wiebke war sich sicher, dass Emma das gleiche Lächeln geerbt hatte. Wenn es denn einen Grund zum Lächeln gäbe.

»Interessiert es dich denn gar nicht, was passiert ist?«, fragte die Inselkommissarin.

»Ich schätze, Sie werden es meinem Vater gesagt haben. Und er wird es mir ganz sicher erzählen wollen. Wozu also soll ich mir die ganze Story zweimal anhören?«

»Okay«, antwortete Wiebke. »Das ist natürlich deine Entscheidung. Falls du doch noch reden möchtest oder dir etwas einfällt, kannst du mich jederzeit anrufen, ja?«

Sie zog eine ihrer nagelneuen Visitenkarten hervor und drückte sie Emma in die Hand.

Das Mädchen nahm sie entgegen und steckte sie, ohne hinzusehen, in eine ihrer Jackentaschen.

»Gut. Das war's dann, nehme ich an?«

»Das war's fürs Erste«, antwortete Nina Jürgens.

Emma Hauser hielt dem Blick der Beamtinnen stand. Sie nickte, drehte sich um und ging.

»Ganz schön abgebrüht, die Kleine«, sagte Nina Jürgens, als Emma in ihrem Elternhaus verschwunden war.

»Vielleicht ist das einfach ihre Art, mit ihrer Trauer umzugehen«, bemerkte Wiebke.

Die Ermittlerin aus Wittmund nickte. »Ich nehme sie mir morgen noch einmal vor. Ihren Bruder auch. Die ganze Familie.«

»Wir müssen auf jeden Fall herausbekommen, wer alles von Britta Hausers Geheimnis gewusst hat«, gab Wiebke zurück.

»Ich werde Ihnen Bescheid geben. Für alles Übrige, fürchte ich, wird Ihre Dienststelle auf Spiekeroog zuständig sein. Apropos: Wie kommen Sie eigentlich um diese Zeit wieder auf die Insel zurück?«

## Kapitel 10

Die Termine auf dem Festland hatten sie länger als gedacht in Anspruch genommen. Inzwischen war es Abend geworden, kurz nach halb neun, und die letzte Fähre hatte vor gut einer halben Stunde von Neuharlingersiel mit Ziel Spiekeroog abgelegt.

Die See war ungewöhnlich ruhig. Fast wie ein Spiegel lag sie vor Wiebke Eden, die auf einem Poller am Hafen saß und den seichten Wellen zuhörte, wie sie an der Pier heraufleckten.

Es war still, der Hafen war zur Ruhe gekommen. Aus der Ferne, von der Insel her, war ein leises Motorengeräusch zu hören, das über das Wasser zu ihr herdrang. Und hinter dieser Szene versank ganz allmählich die Sonne über Spiekeroog und seinen westlich gelagerten Nachbarinseln.

Das Geräusch des Motors war schon lange zu hören, noch bevor das kleine Fischerboot wie ein dunkler Punkt über dem Wasser auftauchte und langsam, in stoischer Ruhe, näher kam.

Wiebke Eden dachte an die Tote von Spiekeroog und ertappte sich immer wieder bei der Frage, welche der beiden Identitäten nun eigentlich die richtige gewesen war. War es am Ende keine von beiden? Spielte das überhaupt eine Rolle?

Sie wusste nicht einmal, wie sie die Tote insgeheim für sich nennen sollte. Rena Heitkamp? Britta Hauser?

Sie zückte ihr Handy und suchte in ihren Kontakten nach Matterns Festnetznummer. Wenn er nicht gerade mit seinem Golden Retriever Marlowe am Strand war, hockte er jetzt sicher zu Hause, trank Roggenwhisky und sah sich alte Filme mit Humphrey Bogart und Edward G. Robinson an.

Es klingelte lange. Wiebke wollte schon wieder auflegen, als sich endlich Matterns Stimme meldete.

»Ja?!«

»Ich bin's.«

»Wer?« Am anderen Ende der Leitung war ein hartes Husten zu hören, sodass die Kommissarin ihr Handy auf Abstand bringen musste, bis der Anfall abgeklungen war.

»Wiebke Eden hier. Wen haben Sie denn erwartet?«

»Für heute niemanden mehr. Immerhin ist es gleich neun.«

»Ich weiß«, antwortete Wiebke. »Haben Sie meine Nachricht gefunden?«

»Mh-hm.«

»Ich bin in etwa einer Stunde zurück auf der Insel. Wollen Sie wissen, was sich ergeben hat, oder nicht?«

Wie sich herausstellte, wollte Mattern. Wiebke berichtete ihm von den kuriosen neuen Erkenntnissen, ihrer Zusammenarbeit mit Nina Jürgens und ihrem gemeinsamen Besuch bei den Hausers. Mattern hörte zu, unterbrach sie kein einziges Mal. Als sie geendet hatte, sagte er: »Schöner Mist.«

»Ist das alles?«, fragte Wiebke.

Für ein paar Sekunden blieb die Leitung stumm. Wiebke hörte in der Tat im Hintergrund einen Fernseher laufen, und sie hätte schwören können, dass Robinson gerade die Mitglieder seiner Bande zurechtstutzte, während der Hurricane über das alte Hotel in Key Largo hinwegfegte.

»Das ändert dann ja wohl die ganze Sachlage, was?«, fragte Mattern trocken. Wiebke war, als könne sie den Hauptkommissar durch das Telefon hindurch denken hören.

»Hauser hat also gewusst, dass ihn seine Frau betrügt«, sagte er nach einer Weile. »Aber anstatt sie mal tüchtig auf den Pott zu setzen, unternimmt er gar nichts.«

»Oder zumindest nur einen halbherzigen Versuch«, ergänzte Wiebke.

»Ja«, sagte Mattern gedehnt. »Und sie hat es zum Anlass genommen, zu Lackmann zu rennen. Sie muss gespürt haben, dass ihre Felle drauf und dran waren, wegzuschwimmen. Was tut sie also? Sie schmeichelt sich bei diesem aufgebrezelten Lackaffen ein und bedrängt ihn, sie zu heiraten. Logisch so weit?«

»Ich würde sagen, ja«, antwortete Wiebke. »Sie stand vielleicht vor der schwersten Entscheidung ihres Lebens. Entweder ihre Ehe zu retten und ihre Familie vor Schaden zu bewahren oder … die Flucht nach vorne, in Lackmanns Arme, um mit ihm ein neues Leben zu beginnen.«

»Was vermutlich das Letzte war, das Lackmann im Sinn hatte«, führte ihr Kollege weiter aus. »Er hat ihr gestern Abend eine Abfuhr erteilt, und damit stand sie praktisch vor dem Nichts. Sie war dabei, alles zu verlieren.«

»Jetzt wissen wir zumindest, in welcher Verfassung sie sich gestern Abend befunden haben muss«, überlegte Wiebke.

»Tja, und was tat sie dann?«, fragte Mattern nachdenklich und gab sich die Antwort gleich selbst: »Sie rannte ins Kino. Ich habe übrigens heute mit dem Betreiber gesprochen. Seinen Aussagen zufolge hat sie sich dort tatsächlich mit jemandem getroffen. Aber nicht mit einem weiteren Kerl, wie man vielleicht denken könnte, sondern mit einer Frau.«

»Tatsächlich?« Wiebke war überrascht. »Hat er sie erkannt? Oder haben Sie in Erfahrung bringen können, wer es gewesen ist?«

»Eine Dunkelhaarige. Noch ziemlich jung.«

»Emma!«, platzte es aus Wiebke heraus.

»Watt?«

»Die Beschreibung könnte auf die gemeinsame Tochter der Hausers zutreffen. Ihr Name ist Emma.«

»Gesetzt den Fall, sie war gestern hier auf der Insel … dann ist es mehr als wahrscheinlich, dass sie von dem Geheimnis ihrer Mutter weiß. Bleibt nur die Frage, was nach dem Kino passiert ist.«

»Kommissarin Jürgens wird morgen früh nochmal nach Esens fahren, um mit den Kindern der Hausers zu sprechen.«

»Mh!«

»Ist Ihnen das nicht recht?«

»Mir wäre lieber, wenn wir das selbst machen«, antwortete Mattern. Im Hintergrund wurde geschossen, das Ganze begleitet von dramatischer Musik. »Aber gut, ist wohl nicht zu ändern. Bekommen wir wenigstens einen Bericht?«

Wiebke bejahte die Frage ihres Kollegen. Es folgte eine kurze, knappe Verabschiedung.

Inzwischen hatte das Fischerboot den Hafen erreicht und legte an der Pier an.

Wiebke stieß sich vom Poller ab und trat auf den Kahn zu. Fischer Claasen war gerade dabei, seine ›Ramona‹ zu vertäuen. Er blickte ihr grinsend entgegen.

»Naa, mien Deern? Aufm Festland gestrandet, wa?«

Wiebke lachte. »Wie Sie sehen.«

»Na, denn komm man.« Claasen legte eine Miniaturgangway aus und gab der Kommissarin ein Zeichen, sich auf ihn zuzubewegen.

Wiebke stolzierte sicher hinüber und ließ es zu, dass Claasen sie herunterpflückte und sicher an Deck absetzte.

»Sie sind ja man ’n Fliegengewicht«, lachte er, während er sein Brett wieder einholte und sich daranmachte, das Haltetau vom Poller zu lösen.

»Ich danke Ihnen vielmals, Claasen«, rief Wiebke gegen das Tuckern des Motors an. »Ich wüsste nicht, was ich ohne Sie gemacht hätte.«

Natürlich wäre es für sie ein Leichtes gewesen, in einem Hotel oder einer Pension in Küstennähe unterzukommen, aber das hätte für sie vor allem einen Zeitverlust bedeutet, und Wiebke wollte unter keinen Umständen mögliche neue Entwicklungen in diesem Fall verpassen.

Sie hatte das Gefühl, dass sich noch mehr ereignen würde. Und selten hatte sie sich darin getäuscht.

***

Esens, nur zehn Kilometer Luftlinie von Neuharlingersiel entfernt. Stefan Hauser saß an seinem riesenhaften höhenverstellbaren Schreibtisch, vor sich große Bögen mit Bleistiftskizzen, der Computer daneben eingeschaltet. Doch auf dem breiten Monitor war seit mehr als zwei Stunden nur der Bildschirmschoner zu sehen: verschiedenfarbige Linien und geometrische Figuren, die aus dem Nichts kamen, sich miteinander verbanden, um dann wieder ins Dunkel zu verschwinden.

Genau wie Hausers Gedanken.

Er hatte sich vorgenommen, noch ein wenig zu arbeiten, doch stattdessen starrte er einfach nur vor sich hin.

Nahezu alles schien ihm egal. Die Musik aus Kevins Zimmer im ersten Stock. Hauser hatte nicht mal die Tür zu seinem Arbeitszimmer geschlossen. Er hatte sich hierhergeschleppt und in seinen Bürosessel fallen lassen, der einzige Ort, der ihm noch geblieben war.

Das Haus übte inzwischen eine beengende Wirkung auf ihn aus. Nirgends fühlte er sich mehr wohl, überall wurde er an *SIE* erinnert.

Er hatte die Ellenbogen auf der Schreibtischkante aufgestützt, sein Gesicht in seinen Händen verborgen, als er ein vertrautes Geräusch aus dem Haus hörte: Glasflaschen, die leise aneinanderklirrten. Dazu ein gedämpftes elektrisches Summen. Jemand hatte die Kühlschranktür geöffnet. Da sich die Lautstärke der Musik um keinen Deut geändert hatte, konnte es nur Emma sein, die sich leise heruntergeschlichen hatte.

Wäre das nicht eine geeignete Gelegenheit, um …

Hauser stand von seinem Platz auf, fühlte die Steifheit seiner Beine, die ihn kurz innehalten ließ, bis eine ausreichende Durchblutung wiederhergestellt war.

Er verließ sein Büro mit unsicheren Schritten. Am Durchgang zur Küche blieb er stehen.

Die Tür des Kühlschranks war offen. Das kalte Licht aus dem Innern legte einen fahlen Teppich auf den dunklen Fliesenboden. Emma stand davor, im Pyjama, eine Flasche Milch in der Hand, aus der sie gerade getrunken hatte.

Als sie eine Bewegung hinter ihrem Rücken spürte, drehte sie sich um und sah ihren Vater abwartend an.

Hauser stand in der Tür. Keine zwei Meter trennten sie beide.

»Wie lange weißt du es schon?«, fragte er.

Sie verengte ihre Augen zu Schlitzen und legte ihren Kopf leicht schief. »Hä? Wie lange weiß ich was?«

Aus Hausers Brustkasten drang ein erschöpfter Laut. »Du weißt doch genau, was ich meine«, sagte er leise, in einem matten Tonfall.

Sie sah ihn an, aus großen Augen, noch immer geschminkt. Sie trank aus der Flasche, ließ sich Zeit damit. Ihre Wangen plusterten sich auf, wurden nach und nach schmaler, als sie die eiskalte Milch hinunterschluckte. »Ich hab keine Ahnung, wovon du redest.«

Hauser strich sich mit beiden Handflächen über die Nasenflügel und über sein Kinn, wo sie einen Moment verharrten. »Hör zu, Emma, du solltest mich nicht für dumm verkaufen. Ich bin … einfach nicht in der Stimmung dazu.«

Sie nickte, schraubte den Verschluss auf die Flasche und stellte sie, ohne hinzusehen, an ihren Platz zurück in den Kühlschrank.

»Dann solltest du dich vielleicht auch lieber hinlegen. Hatte ich nämlich auch gerade vor. Reden können wir ja wohl auch morgen noch.« Sie ließ die Kühlschranktür zufallen. Das Dichtungsgummi saugte sich mit einem schmatzenden Geräusch fest.

»Ich will es aber jetzt wissen!«, platzte es aus Hauser heraus. Er hatte die Stimme angehoben, hatte beinahe gebrüllt. Das erste Mal seit Jahren in diesem Haus.

Wenn es auf Emma irgendeinen Eindruck machte, gelang es ihr vollkommen, das zu verbergen.

Hauser löste sich vom Türrahmen, war mit drei Schritten bei seiner Tochter.

»Du sagst mir jetzt sofort, seit wann du es weißt. Glaubst du vielleicht, ich hätte nichts mitbekommen? Die ganzen Geschenke, die sie dir gemacht hat? Warum hat sie das getan, hä? Vielleicht um dich ruhigzustellen, damit du nichts ausplauderst?«

»Wenn du eh schon alles weißt, warum fragst du dann noch?« Sie wollte sich an ihm vorbeidrängen.

Aus einem Reflex heraus packte Hauser zu und hielt seine Tochter am Arm fest.

Emmas Augen weiteten sich noch mehr. Sie schrie überrascht auf.

Hauser war wild entschlossen, nicht nachzugeben.

»Sag mir endlich, was ich wissen will, oder …«

»Oder was?«, giftete sie zurück. »Willst du mich dann schlagen? Ja? Bei mir traust du dich also. Bei Mama hättest du mal den Mumm dazu haben sollen!«

Aus Emmas Augenwinkeln lösten sich Tränen, die sich mit ihrem Mascara vermischten und dunkle Spuren auf ihren Wangen hinterließen.

Hauser atmete schwer. Er wurde sich bewusst, dass er seine Tochter noch immer mit aller Kraft festhielt, ihr wehtat. Als er endlich seine Hand von ihrem Oberarm löste, zeigte der Ärmel ihres Pyjamas Knitterspuren.

»Ich will doch nur den Namen wissen«, hauchte er. Seine Schultern sanken herab, sein Kopf fühlte sich an, als hätte ihn jemand mit Blei ausgegossen.

Emma Hauser gab einen schluchzenden Laut von sich. Sie stürmte an ihrem Vater vorbei, in Richtung des Flurs. An der Tür blieb sie abrupt stehen, drehte sich noch einmal um.

»Der Typ heißt Lackmann, okay?«, schrie sie. »Ich hab die beiden zufällig zusammen gesehen. Auf der Fähre nach Spiekeroog.«

»Wann war das?«, fragte Hauser leise, ohne in ihre Richtung zu blicken.

»Keine Ahnung. Vor einem Jahr oder so. Ich hoffe, du bist jetzt zufrieden.«

Hauser hörte, wie seine Tochter die Treppe nach oben stampfte, fast so, wie sie es als kleines Kind getan hatte, wenn sie auf ihr Zimmer geschickt worden war.

Es gab viele Dinge, die Hauser jetzt hätte tun können. Er hätte seine Tochter zurückrufen und fragen können, wie sie auf die Idee verfallen war, ihre eigene Mutter zu erpressen. Wie sie tatenlos zusehen konnte, was geschah. Wie sie mitansehen konnte, wie ihr Vater nach und nach zum allerletzten Trottel degradiert wurde. Zu einem, der nicht die geringste Ahnung hatte, was vor sich ging.

Er hätte so vieles tun können in diesem Augenblick und tat letztlich doch nichts von dem.

Hauser fühlte sich kraftlos. Er schleppte sich zum Küchentisch, setzte sich auf den erstbesten Stuhl, sank regelrecht in sich zusammen.

*Lackmann.*

Plötzlich tauchte dieser Name in seinem Innern auf. Aus dem dunklen Nichts, so wie die Figuren seines Bildschirmschoners. Nur dass er nicht mehr verschwand. Im Gegenteil, er setzte sich in Hausers Hirn fest und begann dort in hellem Neonschein zu leuchten.

*Lackmann ... Lackmann ... LACKMANN!*

Und plötzlich war eine Idee geboren. Hauser legte seine Hände, die er in seinem Schoß unbemerkt zu Fäusten geballt hatte, auf den Tisch und hob seinen Kopf.

Er sah zur Wanduhr und rechnete sich aus, wann morgen früh die nächste Fähre nach Spiekeroog ging.

## Kapitel 11

Während Wiebke Eden mit Claasen und dem kleinen Fischerboot nach Spiekeroog übersetzte, saß Ronald Lackmann, genannt Ronny, am Fußende eines langen Liegestuhls und starrte auf das türkisfarbene Wasser seines beleuchteten Pools.

In seiner Hand ein Glas, in dem Eiswürfel in der letzten Pfütze Whisky klirrten. Auf dem kleinen Beistelltisch stand die dazugehörige Flasche, die bei Einbruch der Dämmerung noch randvoll gewesen war und jetzt nur noch ein gutes Drittel enthielt.

Ein seidiges, leises Rascheln ließ ihn mit fast teilnahmslosem Gesichtsausdruck herumfahren. Ruth Falsung war auf die Terrasse hinausgetreten. Sie stand in einem langen Abendkleid neben dem inzwischen nutzlos gewordenen Sonnenschirm und schenkte ihrem Arbeitgeber ein dezentes, fast unterwürfiges Lächeln. Ihr Haar schien frisch gestylt, dazu hatte sie eine Spur von Make-up aufgelegt. Das zartrosafarbene Kleid besaß einen langen Schlitz und ließ gerade so viel Bein erkennen, um neugierig zu machen. Ihre schlanken Füße steckten in zerbrechlich wirkenden goldenen Sandalen. Sie sah Lackmann an, wartete offenbar ab, bis er etwas sagte.

»Gehen Sie heute Abend noch weg?«

Lackmann hätte wissen müssen, dass dies eine unsinnige Frage war, denn um diese Zeit war seine Haushälterin noch nie ausgegangen, zumindest nicht, wenn sie die Nacht in der Villa verbracht hatte. Zudem legte keine Fähre mehr ab, und die letzten Bars und Restaurants würden innerhalb der nächsten Stunde nach und nach schließen.

Sie nahm es als Aufforderung, näherzutreten. Ihr Gang war leicht, als würde sie durch etwas getragen, das die Schwerkraft ausschaltete. Die Sohlen ihrer Sandalen berührten den Boden mit leisen Geräuschen. Im nächsten Augenblick war sie neben ihm.

»Darf ich mich setzen?«

Er sah sie an, von Kopf bis Fuß. Sein Blick war leicht glasig, sein Mund einen winzigen Spalt geöffnet. Die Unterlippe glänzte feucht vom Whisky.

Lackmann machte eine fahrige Handbewegung, die ihr jedoch ausreichte.

Wieder ein raschelndes Geräusch von Seide, als Ruth sich neben ihn auf die gepolsterte Liege setzte. Ein zarter Duft umgab sie.

Für eine Weile saßen sie still nebeneinander. Niemand sagte etwas, niemand stellte Fragen.

Der Wind hatte aufgefrischt und fuhr durch die Buchen, die zum Nachbargrundstück gehörten und über die Begrenzungsmauer ragten. Ihre Blätter raschelten geheimnisvoll.

»Vermutlich denken Sie gerade an sie?«, fragte Ruth.

Lackmann zog die Augenbrauen zusammen. »Ja … nein. Ich weiß nicht.«

»Ich möchte nicht stören.«

»Sie stören nicht.« Er nahm den letzten Schluck aus seinem Glas, schüttete den Rest Eiswürfel in den Pool und stellte es beiseite.

Da er offenbar nicht wusste, wohin mit seinen Händen, ergriff sie sie, zögernd und behutsam. Er ließ es geschehen.

»Es muss ein schwerer Schlag für Sie gewesen sein«, sagte sie, während sie ihn von der Seite anblickte. »Ich weiß, dass sie Ihnen einiges bedeutet hat.« Jetzt wandte sie ihm ihren Körper zu. »Wenn es etwas gibt, das ich für Sie tun kann …«

Er öffnete den Mund, um etwas zu sagen, entschied sich dann aber, zu schweigen. Es war offensichtlich, dass er nach Worten suchte, nach der passenden Formulierung und schließlich daran scheiterte. Vielleicht gab es sie nicht.

»Ich habe nie etwas gesagt«, nahm Ruth das Gespräch wieder auf. »Aber es ist mir schon immer schwergefallen, Sie leiden zu sehen.«

»Leiden?«, fragte er melancholisch.

»Ja, gelitten. Das haben Sie. Unter dieser … Beziehung, die vielleicht nie eine echte Chance gehabt hat.«

Er wandte seinen Kopf in ihre Richtung, sah sie an, erwiderte aber nichts. Ihre Hände waren noch immer ineinander verschlungen.

»Ich habe es Ihnen angesehen«, fuhr sie fort. »Tag für Tag. Sie waren nicht glücklich. Diese Frau hat versucht, Sie von ihr abhängig zu machen.«

»Glauben Sie das wirklich?« Seine Augen weiteten sich unmerklich.

Sie nickte. »Vielleicht hatten Sie keinen Blick dafür, aber Frauen spüren so etwas. Rena Heitkamp war darauf aus, Sie ganz zu besitzen. Und nicht nur Sie, sondern …«, sie ließ ihren Blick über den Pool und die Terrasse wandern, »das alles hier.«

»Das war … Ihr Eindruck von Rena?«

»Ich gebe zu, dass ich sie nie gemocht habe. Und das beruhte wohl auf Gegenseitigkeit. Vielleicht hat sie geahnt, dass ich ihre wahren Absichten durchschaut hatte.«

Lackmann wandte seinen Blick nach rechts, zu dem Tisch mit der Whiskyflasche, die ihm im Augenblick unerreichbar erschien. Langsam drehte er seinen Kopf zurück.

»Sie denken, dass Rena mich nur meines Geldes wegen heiraten wollte?«

Ruths Gesicht bekam einen mitfühlenden Ausdruck. »Ich habe es von Anfang an geahnt. Irgendwann war ich mir dann sicher. Nur Sie … müssen völlig blind gewesen sein.«

»Aber …«

»Entschuldigen Sie. Ich hätte es Ihnen früher sagen sollen, aber … ich hatte Angst, Sie könnten es vielleicht falsch verstehen.«

Lackmanns Augen wurden enger. »Warum sagen Sie es mir jetzt?«

Sie lächelte, hob und senkte ihre Schultern leicht. »Ich habe mich nicht in den Vordergrund drängen wollen. Und Sie hätten meine Absichten sicherlich falsch aufgefasst.«

Ihr Gesicht näherte sich langsam, sodass sich ihre Nasenspitzen beinahe berührten.

Lackmann reagierte kaum. Er sah sie an, der Alkohol rumorte in seinem Hirn und in seinen Eingeweiden.

Mit einem Mal spürte er ihre Lippen auf den seinen. Ein warmes Gefühl, das ihn beinahe sofort durchdrang. Aber sie machte keine Anstalten, ihn wieder loszulassen. Und so mischte sich unter seine Gefühle etwas anderes. Etwas, das aus seinem tiefsten Innern heraufschoss, sich Bahn brach und ein Ventil, einen Ausgang, suchte.

Er sprang mit einem heiseren Aufschrei in die Höhe. Befreit von ihren heißen Händen, ihren fordernden Lippen, stieß er mit der Hüfte gegen den Cocktailtisch und riss ihn um.

Glas zersplitterte.

Ruth Falsung wurde von der plötzlichen Bewegung nach hinten gerissen. Sie verlor das Gleichgewicht und rutschte langsam, wie in Zeitlupe, mit einem Teil der Sitzpolster von der Liege, bis sie rücklings auf dem Boden aufkam.

Ihr Gesicht wirkte entstellt, zu einer Grimasse verzogen.

»Was fällt Ihnen ein?«, schrie er.

Schweiß perlte von Lackmanns hochroter Stirn. Das Haar hing ihm wirr ins Gesicht. Er war außer Atem geraten. »Wie … wie können Sie es wagen, sich an mich heranzumachen? Noch dazu auf so eine billige Art, wie eine … eine …«

Lackmann verstummte. Schwer atmend stand er da, nicht weit entfernt vom Beckenrand. Er starrte seine Haushälterin an, die noch immer halb auf dem Rücken lag, ihre nackten Beine wie ein fleischgewordenes V vulgär in die Höhe gestreckt.

Als ob sie sich ihres Anblicks bewusst geworden wäre, drehte sich Ruth Falsung auf die Seite und rappelte sich in die Höhe. Ihr Kleid war zerknittert, ihr Make-up verwischt. Sie taumelte zwei Schritte zurück und holte in einer mechanischen Bewegung einen heruntergerutschten Spaghettiträger zurück.

»Es tut mir leid«, flüsterte sie.

Lackmann wandte den Kopf und hob abwehrend die Hände. Er hatte seine Augen fest geschlossen. »Gehen Sie!«

Ruth Falsung wich zurück, einen Schritt nach dem anderen, als wäre sie das in Trance versetzte Medium eines Magiers. Erst an der offenen Glastür wagte sie, sich umzudrehen. Sie rannte durch das Wohnzimmer, riss die Tür zum Flur auf und prallte gegen einen Mann, der gerade im Begriff gewesen war, seine Hand nach der Türklinke auszustrecken.

»Mama!«, platzte es aus Michael Falsung heraus. »Ich hab den Lärm gehört! Was ist denn los?« Er blickte an seiner Mutter vorbei und sah durch die großen Panoramascheiben die erstarrte Gestalt Lackmanns am Pool stehen.

»Nichts«, entgegnete sie. Dabei drohte ihre Stimme zu versagen.

»Ach, erzähl mir doch nichts. Ich sehe doch, was mit dir los ist.«

Falsung wollte an seiner Mutter vorbei, doch sie versperrte ihm den Weg, zog ihn mit sich und schloss dabei die Tür zum Flur.

In ihrem Zimmer angekommen, sagte sie: »Ich fürchte, ich habe einen dummen Fehler gemacht.«

Falsung hockte auf der Bettkante und gestikulierte wild mit den Armen. »Würdest du mir vielleicht mal erklären, was passiert ist?«

Und genau das tat sie.

Der junge Mann reagierte verdutzt. »Du hast *was*?«

»Er hat mir leidgetan«, antwortete sie. »Und da habe ich … ich habe versucht, ihn etwas aufzumuntern.«

»Indem du dich ihm an den Hals geworfen hast. Das ist dir ja großartig gelungen.«

»Es war ein Fehler«, wiederholte sie, dieses Mal etwas energischer. Gleich darauf drehte sie sich zu ihrem Sohn um. »Ich schätze, das war's dann wohl. Die Stelle hier kann ich mir wohl abschminken.«

Ihr Sohn schüttelte den Kopf. »Jetzt warte erstmal ab. Lackmann ist durcheinander, du bist es ebenfalls. Die Sache mit Rena ist einfach noch zu frisch, um …«

»Um was?«

»Keine Ahnung. Um zur Tagesordnung überzugehen, vielleicht. Am besten du lässt ihn für heute in Ruhe und lässt ihn morgen erstmal seinen Rausch ausschlafen.«

Ruth fasste sich an die Stirn. »Jetzt bekomme ich vermutlich auch noch meine Migräne. Das war ja vorauszusehen.« Sie hielt in ihren Bewegungen inne, blickte ihren Sohn an.

»Da ist noch etwas, über das ich gerne mit dir reden würde.«

Er sah zu ihr auf, bedeutete ihr, weiterzureden.

»Ich fürchte, ich habe mich mit dieser Aktion in eine ziemlich dumme Lage gebracht.«

»Warum das?« Falsung blinzelte, sein Tonfall klang gereizt.

»Ronald … Herr Lackmann ist wütend auf mich. Und er könnte annehmen, dass …«

»Was?«, herrschte er sie an. »Jetzt sag doch schon, was los ist, verdammt!«

»Er könnte annehmen, dass ich es war, die Rena Heitkamp aus dem Weg geräumt hat.«

»Bist du verrückt geworden?«

Sie sah ihn herausfordernd an. »Ist das so abwegig? Immerhin habe ich ihm ja wohl gerade eben ein Motiv geliefert. Er muss ja denken, dass ich etwas mit ihrem Tod zu tun habe.«

»Du meinst, die Polizei könnte das denken«, antwortete Falsung. »Wenn die wieder hier auftauchen, um mit Lackmann zu reden. Was sie wahrscheinlich tun werden.«

Sie nickte.

»Du hast recht«, sagte ihr Sohn, »das war wirklich dumm von dir.«

Sie biss sich auf die Unterlippe, hatte offensichtlich Mühe, ihre Tränen zurückzuhalten.

»Das geschieht mir ganz recht. Ich bin eine blöde … egoistische Kuh!« Sie wandte sich ab, starrte gegen die vorgezogenen Gardinen.

Irgendwo da draußen war Lackmann. Vielleicht stand er noch immer regungslos am Pool. Oder er hatte sich inzwischen eine neue Flasche aus dem Barfach geholt.

»Ich weiß, dass du in ihn verschossen bist«, sagte Falsung in die Stille hinein. »Das ist mir schon lange klar.«

»Ich kann nichts dafür«, antwortete sie mit gepresster Stimme.

»Hab ich das behauptet?«

Sie drehte sich zu ihrem Sohn um. »Das ist leider noch nicht alles. Ich bin gestern Abend noch unterwegs gewesen. Hier auf der Insel.«

Er hob langsam den Kopf. »Wo?«

»Ich … ich bin ihr nachgegangen.«

»Rena?« Falsungs Augen wurden groß.

»Ja.«

»Warum in Gottes Namen hast du das gemacht? Was wolltest du von ihr?«

»Ich habe gehört, wie sich die beiden gestritten haben. Habe gehört, was sie ihm alles an den Kopf geworfen hat. Sie hat ihm … die Pistole auf die Brust gesetzt, sie zu heiraten. Ansonsten hätte sie mit ihm Schluss gemacht.«

Falsung stand auf. Er trat zu seiner Mutter hinüber, legte ihr eine Hand auf die Schulter.

»Das interessiert mich nicht. Ich will nur wissen, wo du gestern Abend und letzte Nacht gewesen bist.«

»Im Kino«, antwortete sie leise.

»Mit ihr?«

Sie schüttelte den Kopf. »Natürlich nicht. Ich habe mich in die letzte Reihe gesetzt und sie … beobachtet.«

»Ich fass es nicht«, platzte es aus ihm heraus. »Wozu das alles. Ich meine … was hast du von ihr gewollt?«

»Ich hatte den Verdacht, dass sie das Haus verlassen hat, um sich mit einem anderen Mann zu treffen. Aber … das ist nicht passiert.«

»Oh Mann.« Falsung schüttelte den Kopf, stemmte die Hände in seine Hüften.

»Ich war so unglaublich wütend«, fuhr seine Mutter leise fort. »Wie hatte sie ihm das nur antun können? Was ist das für ein berechnendes Aas, habe ich gedacht. Ich war wirklich blind vor Wut. Und dann … nach dem Kino …«

»Was war dann?«

Sie wirkte verzweifelt. »Es hat eine ziemlich hässliche Szene zwischen uns gegeben. Ich habe sie draußen vor dem Kino zur Rede gestellt.«

»Das wird ja immer besser«, antwortete Falsung. »Und wie hat sie reagiert?«

Sie presste ihre Lippen aufeinander, wie um sie zu versiegeln.

»Jetzt red schon, verdammt!«

»Sie hat mir ins Gesicht gelacht«, antwortete Ruth Falsung fast im Flüsterton. Dabei starrte sie auf einen unsichtbaren Punkt in den Gardinen. »Sie hat mich wie ein dummes kleines Mädchen behandelt. Sie sagte, sie würde Ronny davon erzählen. Sie sagte, dass sie schon dafür sorgen würde, dass er mich rauswirft. Und dass es ohnehin an der Zeit sei, sich von Altlasten wie mir zu trennen.«

»Und dann?«, hakte er nach. Falsung klang alarmiert.

»Dann hat sie mich stehen lassen. Einfach so.«

»Du bist ihr hoffentlich nicht weiter nachgegangen«, sagte er.

Ruth antwortete nicht. Ihre Gesichtsmuskeln waren in Bewegung. Sie kämpfte offenbar mit ihren Erinnerungen an den gestrigen Abend.

Falsung machte einen Schritt auf sie zu und fasste sie mit beiden Händen an ihren Schultern.

»Mama! Du bist ihr doch nicht nachgegangen? Du hast sie danach doch wohl in Ruhe gelassen?«

Schweigen.

Da sie ihren Kopf gesenkt hatte, musste sich Falsung ein kleines Stück herunterbeugen, um ihr in die Augen sehen zu können.

»Mama! Du hast sie doch nicht etwa …«, er senkte seine Stimme zu einem Flüsterton, »du hast sie doch nicht umgebracht?«

Sie erwiderte seinen Blick. »Denkst du wirklich, dass ich dir darauf antworte?«

Falsung verharrte noch einen Moment in der Bewegung, dann kam er wieder in die Höhe, drückte sein Kreuz durch.

»Und was genau willst du jetzt von mir?«

»Kurz über lang wird mich die Polizei fragen, wo ich gestern Abend gewesen bin.«

»Ich habe gedacht, das hätte sie schon getan.«

»Hat sie auch. Und ich habe geantwortet, ich hätte die letzte Fähre genommen. Mit anderen Worten: Ich bin letzte Nacht bei uns zu Hause gewesen.«

Der junge Mann hielt inne. »Ich glaube, ich fange allmählich an, zu verstehen. Ich soll dir ein Alibi geben, ist es so?«

»Nicht so laut«, sagte sie und blickte zur Zimmertür. »Muss ja nicht gleich jeder hören.«

»Du verlangst von mir, dass ich für dich lüge«, fuhr er unbeirrt fort.

»Und wenn es nun so wäre?« Sie drehte sich energisch zu ihm um. »Wäre das denn wirklich zu viel verlangt? Nach allem, was ich für dich getan habe?«

Er wandte sich von ihr ab, trat ans Fenster heran, zupfte an den blickdichten Gardinen. Tatsächlich befand sich Lackmann noch immer draußen am Pool. Er hatte sich einen Stuhl herangezogen, saß darin bewegungslos, ein Glas in der Hand und den Kopf leicht nach vorn gesunken, als sei er eingeschlafen.

Der Surflehrer ließ die Gardine zufallen und rieb sich die Schläfen. Er ging mehrfach unter dem erwartungsvollen Blick seiner Mutter im Zimmer auf und ab.

Endlich blieb er stehen und starrte sie an. »Du verlangst von mir, die Polizei und alle anderen anzulügen.«

»Ich weiß.«

»Ich werde es tun«, sagte er. »Unter einer Bedingung.«

Ruth Falsung reckte ihr Kinn vor. »Ich höre.«

Er sah ihr direkt in die Augen. »Ich will hier und jetzt von dir wissen, ob du es gewesen bist. Hast du Rena Heitkamp umgebracht, ja oder nein?«

## Kapitel 12

Wiebke Eden passierte die alte Inselkirche und bog in den Südermenss ein, ein Verbindungsweg, in dem ihr kleines Haus lag. In dem Hotel an der Ecke brannten noch Lichter hinter den Fenstern, vereinzelt waren Stimmen von den Balkonen zu hören. Danach begegnete der Kommissarin niemand mehr. Der Rest der Gasse schien bereits zu schlafen.

Sie hielt auf ihr Haus zu, zog im Gehen bereits den Schlüssel aus der Tasche. Ein Objekt hier auf der Insel zu finden, war ein Glücksfall gewesen. Sie lebte nun seit etwas mehr als drei Wochen hier. Noch lange war nicht alles an seinem Platz, aber sie hatte sich vorgenommen, nach und nach alle Räume zu renovieren und bis Weihnachten damit fertig zu sein. Weihnachten dieses Jahr.

Ein Geräusch riss sie aus ihren Überlegungen. Das leise Quietschen stammte von der kleinen Pforte, die in den kniehohen Steinwall vor ihrem Haus eingelassen war.

Sie stand offen, schlug im Wind leicht gegen den Rahmen. Wiebke fühlte sich an das Scheunentor auf dem Hof der Lürsens erinnert, verscheuchte diesen Gedanken jedoch gleich wieder.

Hatte sie die Pforte am Morgen offen gelassen? Sie konnte sich nicht mehr daran erinnern. Möglich war auch, dass sie sich einfach im Wind losgerissen hatte, immerhin hing sie ohnehin schon bemitleidenswert schief in ihren Angeln, sodass sie nicht mehr richtig schloss und die untere Kante bereits über den Boden schrammte.

Wiebke trat durch die Pforte, hob sie leicht an und schloss sie hinter sich. Das Haus lag im Dunkeln vor ihr. Eine Außenbeleuchtung mit Bewegungsmelder existierte noch nicht. Sie hatte es auf ihre Einkaufsliste für den Baumarkt setzen wollen. Jetzt wurde sie wieder daran erinnert.

Wiebke Eden trat auf die Tür zu und probierte die Klinke. Erleichtert stellte sie fest, dass abgeschlossen war.

Sie öffnete, leise, noch immer mit einem unguten Gefühl behaftet, einer dunklen Vorahnung.

Aber wovor fürchtete sie sich eigentlich? Vor einem Anrufer, der seinen Namen nicht genannt hatte? Vor einem Spinner, der sich nur einen dummen Scherz mit ihr erlaubt hatte?

Wiebke schüttelte ihre Gedanken ab, öffnete und trat über die Schwelle ins Haus. Zielsicher fand sie den Lichtschalter. Die Tür schwang hinter ihr zu, klappte ins Schloss.

Im Haus herrschte Stille. Dieselbe Stille, die nun nach und nach auch auf der gesamten Insel einkehren würde, bis der Trubel früh morgens wieder losging.

Die Kommissarin legte ihre Sachen ab, verstaute ihre Dienstpistole wie immer in der kleinen Kommode im Flur. Es war ein langer Tag gewesen, sie spürte die Müdigkeit in ihren Knochen.

Der Kühlschrank gab nichts mehr her, was sich der Mühe gelohnt hätte. Das war für sie nicht weiter tragisch, da sie ohnehin kaum Hunger verspürte. Sie brach sich einen Riegel von der Zartbitterschokolade ab, die sie im oberen Fach aufbewahrte, und biss einmal davon ab.

Mit dem Rest Schokolade in der Hand begab sie sich ins Badezimmer, entkleidete sich und stellte sich unter die Dusche.

Sie stellte den Wasserstrahl auf kalt und genoss die angenehme Frische und das Gefühl, sich den Staub und den Mief des Tages von der Haut zu waschen.

Währenddessen glaubte sie einmal, ein Geräusch gehört zu haben. Ein leises Knarren oder etwas Ähnliches.

Sofort stellte sie das Wasser ab und lauschte in die Stille, die nur vom gelegentlichen Nachtropfen der Brause unterbrochen wurde. Ansonsten war alles ruhig.

Sie öffnete die Tür der Duschkabine und griff nach ihrem Bademantel. Rasch schlüpfte sie hinein und trocknete sich ihre Füße mit einem Handtuch ab.

Von ihrer Ponyfrisur tropfte es noch vereinzelt, platschte mit leisem Tappen auf die Badezimmerfliesen. Die Kommissarin strich sich in einer beiläufigen Bewegung das nasse Haar aus der Stirn.

Sie hatte die Tür zum Flur einen Spalt offen gelassen. Für den Bruchteil einer Sekunde war ihr, als sei ein flüchtiger Schatten daran vorbeigehuscht.

Wiebke riss die Tür auf. Der Flur war leer.

Ihr Herzschlag hatte sich unmerklich beschleunigt. Was wurde das hier? Fing sie an, unter Paranoia zu leiden?

Wieder dachte sie an die offene Gartenpforte.

Sie schnürte den Gürtel ihres Bademantels fester, als sie sich vorsichtig durch den Flur bewegte. Ihre Schritte erzeugten dabei nicht das geringste Geräusch.

Die Haustür war geschlossen. Ihr Schlüssel steckte von innen im Schloss. Wiebke wandte sich um. Ihr Blick fiel auf die Kommode im Flur. Die obere Schublade war halb geöffnet. Das lose Ende eines Halstuchs ragte halb hervor.

Wiebke machte einen Satz auf die Kommode zu und zog die Schublade ganz auf. Ihre Dienstwaffe war verschwunden!

Ein Geräusch an der Tür zum Wohnzimmer. Ein Schatten.

Wiebke wirbelte herum.

Die Tür wurde mit einem Tritt aufgesprengt und knallte gegen die Wand.

In der dunklen Öffnung stand Heller. Breitbeinig, die Pistole in beiden Händen.

Er grinste sie an und drückte ab.

Wiebke hörte den Knall, sah sogar das Mündungsfeuer … und schreckte mit einem heiseren Aufschrei aus ihrem Schlaf.

Ihr Atem ging rasselnd, sie war in Schweiß gebadet. Sie warf sich herum, machte Licht.

Das Zimmer wurde aus der Dunkelheit gerissen. Alles war ruhig. Kein Laut zu hören.

Der Wecker auf dem Nachttisch zeigte kurz nach halb vier. Draußen begann es bereits zu dämmern.

Die dünne Bettdecke lastete unangenehm auf der Kommissarin. Sie schlug sie mit einer einzigen Bewegung zur Seite und schwang ihre Beine aus dem Bett.

Sie trat in den Flur, machte Licht. Ihr erster Blick galt der Kommode. Die Schublade war geschlossen, und natürlich befand sich ihre Waffe noch genauso darin, wie sie sie vor einigen Stunden hineingelegt hatte. Niemand war hier gewesen. Niemand hatte …

Draußen schwang die Gartenpforte mit einem leisen Geräusch auf und schlug nahezu sofort wieder klappernd gegen den Rahmen. Wiebke nahm sich vor, das unbedingt zu beheben.

Sie tappte auf nackten Füßen in die Küche und füllte ein Glas mit Wasser, das sie auf ex austrank. Sie atmete tief durch, stellte das Glas in die Spüle.

Für einen Moment stand sie einfach nur da, ihren Rücken gegen die Arbeitsfläche gelehnt.

Das musste aufhören. Sie durfte nicht zulassen, dass Heller einen derartigen Einfluss ausübte, dass er ihr Leben zu kontrollieren begann. Und das, obwohl er nichts weiter als eine Hülle war, die von Maschinen am Leben gehalten wurde.

Wiebke stieß sich ab, überprüfte, dass die Haustür verschlossen war, und kehrte in der festen Überzeugung, keine Ruhe mehr finden zu können, in ihr Schlafzimmer zurück.

Um Punkt sechs Uhr klingelte ihr Wecker. Wiebke tastete wie gelähmt nach dem Störenfried und betätigte die Schlummertaste. Fünf Minuten Aufschub. In der nächsten Sekunde war sie wieder eingedöst. Dieses Spiel wiederholte sie bis zwanzig Minuten nach sechs.

Halb schlaftrunken wankte sie ins Bad. Um Punkt sieben nippte sie das erste Mal an dem Kaffee, den sie sich in der Zwischenzeit aufgebrüht hatte.

Nach und nach kehrten ihre Lebensgeister zurück. Ihr Handy lag vor ihr auf dem Küchentisch, wie um sie daran zu erinnern, dass sie sich noch etwas vorgenommen hatte. Etwas, das keinen Aufschub mehr duldete.

Dennoch starrte sie das Telefon an, als handle es sich um einen Fremdkörper.

Die Kommissarin gab sich einen Ruck und wählte die Nummer, die sie bereits vor einigen Tagen herausgesucht hatte.

Im Klinikum Oldenburg meldete sich eine freundliche, weibliche Stimme. Wiebke erklärte ihr Anliegen, was ihr alles andere als leichtfiel.

Sofern die junge Angestellte verwundert darüber war, ließ sie es sich nicht anmerken. Sie versprach, den Anruf an die zuständige Stelle im Haus weiterzuleiten.

Eine Stationsschwester meldete sich.

»Ich hätte gerne Professor Dorn gesprochen«, erklärte die Kommissarin.

»Ich weiß nicht, ob der Professor so früh schon zu sprechen ist.«

»Würden Sie es bitte trotzdem versuchen?«

Die Schwester bat in leicht schnippischem Tonfall um Geduld. Tatsächlich bat sie nicht wirklich darum, sondern setzte es einfach voraus.

Eine Weile lang tat sich gar nichts. Wiebke nahm Hintergrundgeräusche wahr. Entfernte Stimmen, das leise Kichern zweier Schwestern, das Rasseln eines vorüberrollenden Transportwagens, mit dem vermutlich das Frühstück oder die Bettpfannen von Patienten transportiert wurden.

Quietschende Schritte näherten sich über den Korridor. Jemand ergriff den Hörer und atmete heftig hinein.

»Einen Augenblick noch!«

Wiebke wollte etwas erwidern, doch da drang schon ein Rufton durch die Leitung, verbunden mit einem Rauschen und Knistern, als versuche jemand, eine Satellitenverbindung zum Mond herzustellen.

Dann, plötzlich und unerwartet, meldete sich eine männliche Stimme: »Dorn.«

Wiebke atmete auf. Die Innenfläche ihrer Hand, mit der sie ihr Telefon festhielt, fühlte sich heiß und feucht an.

Sie nannte ihren Namen.

»Ach, Sie sind die Polizistin, die …«

*… für den Zustand meines Patienten verantwortlich ist.*

Diese Worte sagte er nicht laut. Der Kommissarin war allerdings so, als hätte sie sie dennoch gehört.

»Was kann ich für Sie tun?«

Die Stimme des Professors ließ bereits erkennen, dass er sich unter Zeitdruck befand.

»Ich wollte mich nach … nach Hellers Zustand erkundigen«, erklärte die Kommissarin. Sie konnte sich nicht dazu überwinden, dem mehrfachen Mörder eine förmliche Anrede angedeihen zu lassen. Für Sie war er nur Heller. Das Monstrum. Das Gespenst, das durch ihre Albträume geisterte.

»Sein *Zustand* ist unverändert«, antwortete Dorn. »Hätte sich daran etwas geändert, hätten wir Ihre Dienststelle bereits verständigt.«

»Ich weiß«, antwortete Wiebke. »Ich dachte nur, es hätte ja sein können …«

*Was?*

Mit einem Mal kam sie sich albern und idiotisch vor. Was hatte sie erwartet, zu hören? Dass Heller überraschend aus dem Koma erwacht war und heute Morgen putzmunter nach einem Frühstück mit Rührei und Speck verlangt hatte?

»Wir rechnen nicht damit, dass sich an seiner Situation noch etwas ändern wird«, ergänzte Dorn nach einer Weile.

Wiebke räusperte sich. »Es hat sich vermutlich auch nach wie vor kein Angehöriger bei Ihnen gemeldet?«

»Nein«, antwortete der Professor sofort und fügte mit leicht tadelndem Ton hinzu: »Auch darüber hätten wir Sie umgehend in Kenntnis gesetzt, so wie es Ihr Vorgesetzter angeordnet hat.«

Geert Janssen aus Bremen. Sein Bild leuchtete kurz vor Wiebkes innerem Auge auf. Nur dass der Mann seit ihrer Versetzung nach Spiekeroog gar nicht mehr ihr Vorgesetzter war, was sich offenbar noch nicht zu Dorn herumgesprochen hatte.

»Allerdings …«

Ein Wort nur. Eines, das Wiebke sofort aufhorchen ließ, in der Gewissheit, dass nun etwas folgte, was von immenser Bedeutung sein konnte.

»Allerdings haben wir vor zwei oder drei Tagen einen Anruf erhalten, mit dem sich jemand nach Hellers Befinden erkundigt hat.«

Wiebke fühlte sich wie elektrisiert. Sie saß kerzengerade und zog ihre Augenbrauen zusammen. »Ein Kollege?«, fragte sie. »Jemand von der Polizei?«

»Nein, das glaube ich nicht, denn der Anrufer hat seinen Namen nicht genannt.«

Das war *ER* gewesen. Die Stimme. Sie wusste es in diesem Augenblick, noch bevor Dorn weiterredete.

»Der Anruf war Schwester Michaelsen merkwürdig vorgekommen, deswegen hat sie versucht, ihn an mich weiterzuleiten. Aber … wer immer es auch gewesen sein mag, er hatte bereits wieder aufgelegt. Kann ich sonst noch etwas für Sie tun?«

Wiebke verneinte und verabschiedete sich. Sie legte ihr Handy zurück auf die Tischplatte und starrte gedankenverloren auf das schwarz gewordene Display.

Irgendwo da draußen gab es jemanden, dem Hellers Schicksal offenbar nicht egal war. Doch wer? In den Akten war nichts darüber vermerkt, dass Heller noch Angehörige besaß.

Was, wenn aber nun doch noch jemand existierte?

Der Besuch auf dem Hof der Lürsens kam ihr wieder in den Sinn. Natascha. Ihr Bruder. Das Baby, das sie erwartete. Wenn Heller tatsächlich der Vater des Kindes sein sollte, war es dann nicht auch wahrscheinlich, dass der Unbekannte versuchen würde, mit Natascha Lürsen Kontakt aufzunehmen?

Ihre Gedanken stockten an dieser Stelle. Was, wenn er das bereits getan hatte?

Das Klingeln ihres Handys ließ sie zusammenzucken. Für einen Moment war sie der festen Überzeugung, dass sie die unheimliche Stimme … Hellers Stimme … hören würde, wenn sie dranging. Er könnte ihre Handynummer herausgefunden haben, nachdem sie das alte Festnetztelefon hier im Haus unbrauchbar gemacht hatte.

Zu Wiebkes Erleichterung tauchte der Name von Nina Jürgens im Display auf.

»Guten Morgen.« Die Stimme der Kollegin vom Festland klang hell und wach. »Na? Gut geschlafen?«

»Klar«, antwortete Wiebke, ein bisschen zu hastig, »wie ein Stein.«
»Soso. Ich hab ein paar Neuigkeiten für Sie. Interessiert?«
»Auf jeden Fall«, antwortete Wiebke und hangelte über den Tisch hinweg nach ihrer halbvollen Kaffeetasse. »Schießen Sie los.«
»Ich habe mich gestern Abend noch mit Christian Bendixen unterhalten. Sie wissen schon, der blasse Typ, der Emma Hauser gestern nach Hause gebracht hat.«
»Ah, unser grasrauchender Freund«, gab Wiebke leicht amüsiert zurück.
»Ich hab ihn ein bisschen ausgefragt. Der Kleine war ziemlich erschrocken. Ich dachte schon, er kippt mir gleich um.«
»Was hat er erzählt?«, fragte Wiebke.
»Ich wollte von ihm wissen, wo Emma Hauser zur Tatzeit gewesen ist. Natürlich habe ich die Frage geschickt verpackt. Herausgekommen ist dabei aber leider nicht viel. Er war mit Emma und ein paar anderen Freunden bis zum Abend zusammen. Gegen halb elf Uhr abends hat er sie dann zu Hause abgesetzt.«
»Was die anderen vermutlich bestätigen können?«
»So sieht es aus. Dieser Charly, wie ihn alle nennen, konnte mir allerdings nicht mehr sagen. Er hat Emma erst am nächsten Tag wiedergesehen. Er hat sie in seiner Karre von der Schule abgeholt.«
»Das heißt also, dass Emma nicht diejenige gewesen sein kann, mit der ihre Mutter am Abend im Kino gewesen ist«, sagte Wiebke nachdenklich.
»Tja, tut mir leid. Da werden Sie jemand anderes suchen müssen. Vielleicht bei Ihnen auf der Insel.«
»Für das Kino hat Emma ein Alibi«, dachte Wiebke laut. »Nicht aber für die Tatzeit, richtig?«
»Richtig«, antwortete Nina Jürgens. »Aber glauben Sie wirklich, das Mädchen hat sich einen anderen Weg gesucht, um nachts noch auf die Insel zu kommen?«
Die Kommissarin von Spiekeroog nagte an ihrer Unterlippe. »Ich weiß es nicht. Ehrlich gesagt, weiß ich noch überhaupt

nicht, was ich von diesem Fall halten soll. Ich glaube, ich muss mich dringend nochmal mit den Hausers unterhalten.«

»Das ist der eigentliche Grund, warum ich so früh anrufe«, erklärte Nina Jürgens. »Bei den Hausers ist niemand mehr. Ich habe heute früh angerufen. Es hat sich keiner gemeldet. Dann bin ich hingefahren. Dasselbe Ergebnis. Zudem ist der Wagen weg. Aber es ist mir gelungen, ihn aufzuspüren. Dreimal dürfen Sie raten, wo.«

Wiebke horchte auf. »Jetzt sagen Sie nur nicht, am Hafen von Neuharlingersiel.«

»Sie haben vermutlich die erste Fähre genommen.«

Wiebke sah auf die Uhr. Wenn das stimmte, würde das Schiff in etwa zwanzig Minuten drüben an der Anlegestelle eintreffen.

Sie hatte es plötzlich eilig, sich von ihrer Kollegin zu verabschieden.

## Kapitel 13

Noch war Spiekeroog nicht in Sicht. Es lag hinter einem Dunstschleier verborgen, der die Insel wie ein viel zu großer Mantel einhüllte.

Es war keine große Schwierigkeit gewesen, einen Platz an Deck zu ergattern. Die Menschenmenge, die sich am Fähranleger von Neuharlingersiel versammelt hatte, war überschaubar gewesen und hatte sich schnell und wie einer geheimen Prozedur gehorchend an Bord verteilt.

Kaum dass das Schiff abgelegt hatte, war Hauser übel geworden. Er hockte auf einem Platz direkt an der Reling und war damit beschäftigt, eine halbwegs erträgliche Sitzposition zu finden. Dabei versuchte er immer wieder, kontrolliert und tief durchzuatmen, während er sich einredete, dass ihm die noch frische Seeluft guttue.

Emma und Kevin saßen ihm gegenüber, beide wirkten noch ein wenig schlaftrunken. Seine Tochter hatte einen düsteren Gesichtsausdruck aufgesetzt, der vor allem von ihrem Blick dominiert wurde. Für jeden Passagier, der zufällig an ihnen vorbeikam, mochte sie wie ein normaler Teenager wirken, der sich irgendwo mitten in seiner Null-Bock-Phase befand und alles ablehnte, was von Erwachsenen an sie herangetragen wurde. Für Hauser selbst war Emma zu einem Mysterium geworden. Er hatte schon lange, mindestens seit drei oder vier Jahren, den Zugang zu ihr verloren. Sie hatte sich als Kind schon nicht gerne in die Karten blicken lassen. Seit der Pubertät allerdings hatte sie einen regelrechten Wall um sich errichtet. Nur mit ihrer Mutter … da hatte sie geredet. Vielleicht nicht viel, aber sicher mehr als mit ihrem Vater.

Hauser musterte sie verstohlen, während eine neue Welle der Übelkeit in ihm aufstieg.

Emma hatte ihre Arme vor dem Brustkasten verschränkt und blickte stur auf den Streifen von schäumendem Wasser, das die Schiffsschraube hinterließ. Es schien, als blinzelte sie nicht einmal. Was mochte in diesen Augenblicken in ihr vorgehen?

Hauser stellte einmal mehr mit einer gewissen Unruhe fest, dass er nicht die geringste Ahnung davon hatte.

In Kevin, ihrem Bruder, konnte er lesen wie in einem offenen Buch.

Der Zwanzigjährige war nervös. Sein rechtes Bein war in ständiger Bewegung, wurde von seinem Fuß im Millisekundentakt auf und ab bewegt. Normalerweise hätte Hauser ein solches Verhalten aus der Fassung gebracht. Jetzt hatte er andere Sorgen. Er dachte flüchtig an die beiden Fischfrikadellen, die er anstelle eines Frühstücks heute Morgen im Stehen in sich hineingeschlungen hatte.

Es schien, als hätten sie sich in seinem Magen zu einem stahlharten Klumpen vereinigt, der bei jeder kleinsten Bewegung der Fähre hin und her rollte.

Jetzt war wieder so ein Augenblick, den es abzuwarten galt. Hauser ließ geräuschvoll die Luft aus seinen Lungen entweichen. Sein rechter Arm lag auf dem Rucksack, den er neben sich auf die Bank gestellt hatte, um Mitreisende auf Abstand zu halten. Wie sich gezeigt hatte, wäre das gar nicht notwendig gewesen, denn der Rest ihrer Sitzbank war unbesetzt geblieben. Offenbar gönnte man der kleinen Familie ihr vertrautes Beisammensein.

Beinahe hätte Hauser bei dem Gedanken aufgelacht, was nicht sehr vorteilhaft gewesen wäre. Es bereitete ihm immer mehr Mühe, seinen Mageninhalt bei sich zu behalten.

Er beugte sich vorsichtig zu seinem Rucksack hinüber, öffnete den Reißverschluss gerade so weit, um seine Hand hineingleiten zu lassen. Seine Finger ertasteten das Badehandtuch, in das ein harter Gegenstand eingewickelt war. Hauser schob seine Hand vorsichtig in das Knäuel, bis er den kalten Stahl der Pistole berührte. Sofort schien es, als würden sich sein Magen und sein treibender Puls beruhigen. Wenigstens einen Deut.

Für ein paar Sekunden schloss er die Augen, um sich vorzustellen, wie er Lackmann gegenübertrat. Wie der Kerl, mit dem ihn seine Frau betrogen hatte, die Augen aufriss, wenn er in die Mündung der Waffe blickte. In Gedanken drückte

Hauser ab, und als dann der Wind auffrischte und ihm über die schweißnasse Stirn und durch das Haar fuhr, spürte er plötzlich ein Gefühl der grenzenlosen Freiheit.

Den Entschluss, auf die Insel zu fahren, hatte er zunächst allein gefasst. Am gestrigen Abend hatte er seine beiden Kinder davon in Kenntnis gesetzt. Bei einer der seltenen Gelegenheiten, zu denen sie als Familie beisammengesessen hatten.

Hauser war erstaunt darüber gewesen, dass Emma, der seit Jahren alles egal war, als Erste das Wort ergriffen hatte. Sie hatte den Wunsch geäußert, mitzufahren. Obwohl, wenn Hauser recht daran dachte, war es weniger ein Wunsch als eine klare Willensbekundung gewesen. Eine, die keinen Widerspruch duldete.

Den hatte sie auch nicht erhalten, weder von Hauser noch von ihrem Bruder.

Im Gegenteil. Kevin schien sofort Gefallen an der Idee zu finden.

Seltsam, hatte Hauser gedacht, wie einig sich die beiden waren. Heute, hier auf dem Schiff, dachte er plötzlich anders darüber. Er wurde das Gefühl nicht los, dass die beiden sich abgesprochen hatten. Lange schon. Und dass die Idee, Lackmann auf Spiekeroog aufzusuchen, nicht einmal in seinem eigenen Hirn entstanden, sondern dass er sogar als Letzter von ihnen dreien auf den bereits fahrenden Zug aufgesprungen war.

War es möglich, dass die beiden in der Lage waren, ihn in dieser Form zu manipulieren?

Langsam löste er die Finger seiner rechten Hand vom Lauf der Pistole und kramte stattdessen im Rucksack herum, bis er die winzige Dose mit Tigerbalm gefunden hatte. Mühsam knibbelte er den Deckel ab und rieb sich mit der Fingerkuppe etwas von dem Inhalt unter die Nase.

Er blinzelte. Hatte Emma gerade zu ihm hergesehen? Hatte sie ihn beobachtet?

Seit sie an Bord waren, hatten sie kaum ein Wort miteinander gesprochen. Sie hatten nie viele Ausflüge gemeinsam als

Familie unternommen, aber dieser hier verdiente schon jetzt das Prädikat, der außergewöhnlichste zu sein.

Emma starrte wieder auf das Wasser hinaus, als wäre nichts gewesen, während Kevin seinen Blick nahezu teilnahmslos über das Deck und die anderen Fahrgäste streifen ließ. Sein rechtes Bein war noch immer in Bewegung. Auf und ab, auf und ab.

Was heckten die beiden aus? Was hatten sie sich vorgenommen?

Hauser wusste es nicht, hatte keinen blassen Schimmer. Die Tatsache ärgerte ihn.

Spätestens auf der Insel würde er seinen Kindern klarmachen müssen, dass er zunächst allein mit Lackmann reden würde. Unter vier Augen. Ob ihnen das nun passte oder nicht.

Er klappte das Döschen zu und ließ es im Rucksack verschwinden. Danach zog er den Reißverschluss sorgsam zu.

Die Pistole war geladen. Hauser hatte sie noch nie benutzt, aber er wusste, wo sie zu entsichern war, und er traute sich durchaus zu, damit umzugehen.

Vor vier Jahren war er wie die Jungfrau zum Kind an diese Waffe geraten. Er hatte einem Kollegen, der inzwischen nicht mehr bei der Firma war, bei der Entrümpelung seines Dachbodens geholfen. Kollege Ulrich hatte das Haus günstig erworben, nachdem der Vorbesitzer überraschend verstorben war.

Die Waffe hatte am Boden einer Holzkiste gelegen, in ein altes Öltuch eingeschlagen. Hauser hatte es eigentlich nur auf die Kiste abgesehen gehabt und sie seinem Kollegen samt Inhalt, der auf den ersten Blick nur aus alten Zeitschriften zu bestehen schien, abgeschwatzt. Er erinnerte sich noch gut an den Augenblick, in dem er die Pistole das erste Mal in seinen Händen gewogen hatte.

Ein seltsames Gefühl hatte ihn durchströmt. Stärke und Überlegenheit hatte es ausgedrückt. Er hatte im Wehrdienst seinerzeit noch gelernt, zu schießen, auch wenn er es noch nie mit dieser speziellen Waffe probiert hatte. Dabei hatte es ihn oft in den Fingern gejuckt, zumal sich in der Kiste auch noch eine randvolle Schachtel mit Munition befunden hatte.

Heute Morgen hatte er die SIG P220 aus ihrem Versteck, einem kleinen Hohlraum im Kellerfußboden, geholt. Sofort hatten sich jene Empfindungen wieder eingestellt wie vor vier Jahren.

Er würde Lackmann zur Rede stellen. Allein würde ihm das nie gelingen, aber in Verbindung mit der Pistole …

Ein Lächeln umspielte Hausers Lippen. Dann, ohne eine weitere Vorwarnung, rebellierte sein Magen endgültig.

Saure Galle schoss ihm durch die Speiseröhre in den Rachen. Hauser presste sich aus einem Reflex heraus die Hände vor den Mund, sprang auf und beugte sich weit über die Reling.

Ein Schwall Erbrochenes sprengte seine aufeinandergepressten Lippen und ergoss sich im nächsten Moment in hohem Bogen in die Nordsee.

Dabei gab Hauser einen kläglichen, krächzenden Laut von sich, sodass sich mehrere Passagiere gleichzeitig nach ihm umdrehten.

Sie begannen wie auf ein geheimes Kommando hin miteinander zu tuscheln. Irgendwo im Hintergrund lachte jemand. Vereinzelte Wortfetzen drangen zu der kleinen Familie hinüber.

Stefan Hauser würgte die Reste der Fischfrikadellen hervor. In diesem Augenblick hatte er das Gefühl, sterben zu müssen. Alles in ihm schien in heller Aufruhr zu sein. Seine Hände krallten sich um die Reling, während der ganze Rest seines Körpers immer wieder von Krämpfen geschüttelt wurde.

Nach zwei endlos langen Minuten schien sich sein Magen wieder zu beruhigen. Hauser stöhnte, ließ den Kopf hängen, schloss die Augen.

»Papa?« Kevins Stimme schräg hinter ihm.

Hauser wandte den Kopf und starrte wie benommen auf ein weißes Papiertaschentuch, das in der Hand seines Sohnes flatterte. Er ergriff es mechanisch, deutete ein Kopfnicken an. Nachdem er sich seinen Mund und sein Gesicht abgewischt hatte, ließ er sich erschöpft auf die Bank neben seinen Rucksack sinken.

»Geht es dir jetzt besser?«, fragte Kevin.

Hauser blickte ihn an, noch immer schwer atmend. »Ja. Ich denke schon.«

Inzwischen waren sie der Insel ein gutes Stück näher gekommen. Sonne und Wind hatten ganze Arbeit geleistet und den nebligen Dunst bis auf ein paar restliche Schleier vertrieben. Spiekeroog schien zum Greifen nah.

Den Rest der Fahrt verbrachten die Hausers genauso schweigend, wie sie sie begonnen hatten.

Hauser selbst war in Gedanken versunken und noch immer darauf bedacht, seinen Magen unter Kontrolle zu behalten, auch wenn dieser nichts mehr enthalten konnte.

Was würde er anfangen, wenn er auf Lackmann traf? Würde er es ihm ins Gesicht sagen können, wie sehr er Männer wie ihn verachtete? Möglich. Vielleicht würde ihn aber auch der Mut verlassen, wenn es so weit war. Es wäre nicht das erste Mal in seinem Leben.

Eine gute Viertelstunde später machten sie auf Spiekeroog fest. Die Rampe wurde heruntergelassen, und die Passagiere begannen die Fähre zu verlassen.

Die Hausers blieben noch einen Moment sitzen, warteten ab, bis sich das Deck, auf dem sich nun doch zahlreiche Menschen drängelten, nach und nach leerte.

Stefan Hauser hob den Rucksack auf seinen Schoß. Vielleicht war es nur ein kurzer Verdacht, ein harmloses Hinterfragen, ob alles in Ordnung war. Aber es kam ihm so vor, als ob …

Hauser zog den Reißverschluss auf und ließ seine rechte Hand abtauchen. Er packte das Badelaken im Innern und knüllte es mit der Faust zusammen. Es war leer. Die Waffe – seine Pistole – war verschwunden!

Er starrte seine Kinder an. Emma. Kevin. Beide bemühten sich offenbar, möglichst harmlos auszusehen und dabei nicht seinem Blick zu begegnen.

Seine Gedanken rasten, begannen sich zu überschlagen. Was sollte er tun? Die beiden hier vor den anderen Passagieren zur

Rede stellen? Es schien ihm ganz ausgeschlossen, dass einer der Reisenden sich an seinem Rucksack bedient haben könnte. Nicht vor den Augen der Kinder.

Also musste einer von ihnen die Pistole genommen haben.

Noch einmal machte seine rechte Hand die Runde im Innern des Rucksacks. Er musste ganz sichergehen. Das Ergebnis war dasselbe. Langsam zog er seine Hand heraus, stellte den Rucksack zwischen seinen Füßen ab.

Keiner der beiden schien sich für ihn zu interessieren, geschweige denn Anstalten zu machen, aufzustehen, um die Fähre zu verlassen.

Das Deck hatte sich nun fast vollkommen geleert, bis auf zwei Nachzügler, ein älteres Ehepaar, das in diesem Moment an ihnen vorbeiging und freundlich nickte.

»Geht es Ihnen besser?«, fragte die Frau. Sie trug einen dunkelgelben Hosenanzug und hielt mit einer Hand ihren Strohhut auf dem Kopf fest. An ihrem faltigen Arm befanden sich mehrere Reifringe.

Hauser beachtete das Paar nicht. Die beiden Alten sahen sich kurz an. Die Frau zuckte die Schultern, dann wurde sie von ihrem Mann mit sich gezogen. Im Gehen steckten die beiden tuschelnd die Köpfe zusammen.

Hauser schoss ein Gedanke durch den Kopf. Er kam wie aus dem Nichts, war plötzlich da. Angenommen, Emma hatte die Pistole eingesteckt, würde damit zu Lackmann gehen und ihn erschießen, würde man ihr später vor Gericht aufgrund ihres zarten Alters und unter Berücksichtigung der besonderen Situation Strafmilderungsgründe einräumen?

Er war kein Jurist, hielt das Ganze aber für sehr wahrscheinlich. Für einen Moment dachte er ernsthaft über dieses Problem nach. Aber nein. Er war der Vater der beiden. Mussten sie nicht gerade jetzt zusammenhalten?

Aber vielleicht, dachte er … *vielleicht habe ich sie auch schon längst verloren. So wie sie da vor mir sitzen. Keiner der beiden interessiert sich für mich. Es ist ihnen egal, was passiert.*

Vielleicht war ihnen auch egal, was mit Lackmann geschah.

Hauser dachte daran, dass es seine Aufgabe war, die beiden vor einer Dummheit zu bewahren. Er beugte sich auf seinem Platz nach vorne.

»Also gut«, sagte er leise. »Wer von euch hat sie genommen?«

Kevin sah ihn an. Er verzog das Gesicht, blinzelte.

»Was genommen?«, fragte er. »Was meinst du?«

»Kommt schon«, mahnte Hauser, »ihr beide wisst genau, was ich meine.«

Niemand sagte etwas. Emma blickte nicht einmal jetzt in seine Richtung.

»Die Pistole, Herrgott!«, zischte Hauser zwischen seine geschlossenen Zähne hindurch.

Währenddessen entdeckte er an der Anlegestelle etwas, das ihm einen eisigen Schreck durch seine Glieder jagte.

Die Kommissarin hatte dort Aufstellung genommen, reckte ihren Hals, beobachtete die Passagiere, die von der Fähre auf die Insel strömten. Sie suchte jemanden, und es war nicht schwer zu erraten, wen.

Hauser überlegte in Sekundenschnelle. Jemand musste versucht haben, ihn zu Hause zu erreichen, und hatte bei der Gelegenheit festgestellt, dass niemand mehr da war. Der Wagen! Es war vermutlich ein Fehler gewesen, ihn direkt am Parkplatz des Fähranlegers in Neuharlingersiel zurückzulassen. Irgendjemand musste die Spiekerooger Kommissarin verständigt haben. Vermutlich ihre Kollegin aus Wittmund.

Stefan Hauser spürte, wie der Schweiß auf seiner Stirn wieder zu perlen begann.

Wieder sah er seine Kinder an. Bemerkten sie es denn nicht?

»Letzte Chance«, flüsterte er. »Ich will wissen, wer von euch die Pistole genommen hat. Na los! Wir müssen von der Fähre runter, verdammt!«

Sie standen auf, alle drei. Hauser versperrte seinen Kindern den Weg zum Ausgang.

»Ich verlange eine Antwort von euch! Ich bin … euer Vater!«

Kevin wollte etwas erwidern, doch seine Schwester kam ihm dieses Mal zuvor. Sie trat an ihren Vater heran, sah ihm das erste Mal seit Langem in die Augen.

»Wir wissen nicht, was du von uns willst. Wenn du eine Waffe mit an Bord genommen hast und die jetzt verschwunden ist, dann ist das ganz allein dein Problem.«

Und damit löste sie sich und schlüpfte in einer ebenso schnellen wie eleganten Bewegung an ihrem Vater vorbei.

Kevin nutzte die Gelegenheit, es seiner Schwester gleichzutun.

Hauser raffte seinen Rucksack an sich und folgte den beiden. Nach wenigen energischen Schritten hatte er sie eingeholt.

»Die Kommissarin wartet auf uns«, beschwor er die beiden. »Sie wird uns zum Mord an eurer Mutter befragen. Sie wird von uns wissen wollen, was wir vorhaben.« Hauser hatte Mühe, mit Kevin und Emma Schritt zu halten.

Sie hatten jetzt die Rampe erreicht. Ihre Schritte erzeugten metallische Geräusche.

Hauser, dem inzwischen klar geworden war, dass er die beiden hier und jetzt nicht durchsuchen konnte, packte seine Kinder gleichzeitig bei den Schultern.

»Also gut, wie ihr wollt. Ich weiß nicht, wer sie an sich genommen hat. Also flehe ich euch beide an: Macht keine Dummheiten damit!«

## Kapitel 14

Wiebke Eden hatte die Hausers bereits an Deck der Fähre ausgemacht, als diese im Hafen anlegte. Sie beobachtete aus sicherer Entfernung die Bewegungen an Bord und glaubte zu erkennen, wie Hauser mehrfach zu ihr herübersah.

Sein Gesicht wirkte bleich. Der Mann sah aus, als sei er über Nacht um Jahre gealtert.

Die Kommissarin blieb entschlossen auf der Stelle stehen, während der Strom von Besuchern sich vor ihr teilte und zu beiden Seiten an ihr vorbeiwogte.

Die Hausers kamen als Letzte von Bord, so als hätten sie den Augenblick immer weiter hinausgezögert.

Der Familienvater beeilte sich, vor seinen beiden Kindern bei der Polizistin anzukommen.

»Guten Morgen, Frau Kommissarin.« Hauser lächelte, doch es wirkte aufgesetzt, künstlich. Der Mann war nicht in der Lage, seine Nervosität zu verbergen.

Emma und Kevin Hauser hielten sich im Hintergrund, wirkten unbeteiligt und blickten von Zeit zu Zeit mit unverhohlenem Desinteresse um sich.

»Guten Morgen, Herr Hauser«, erwiderte Wiebke Eden, beugte sich leicht zur Seite, um die beiden anderen anzublicken, und brachte auch dort ihre Grüße an. Beinahe sofort wurde sie wieder ernst.

»Darf ich fragen, was Sie vorhaben?«

Hauser bemühte sich, seine freundliche Miene aufrechtzuerhalten. »Natürlich dürfen Sie das. Wir … wir haben gemeinsam beschlossen, uns die Insel etwas näher anzusehen.«

»Ein Familienausflug?«, hakte Wiebke nach.

»Genau das. Ich bin der Meinung, dass wir alle etwas Abwechslung vertragen. Vor allem die Kinder.«

»Herr Hauser«, sagte Wiebke vertraulich, »Sie versuchen nicht gerade, mich auf den Arm zu nehmen, oder?«

»Wieso?« Er blinzelte. Dabei versuchte er einen trotzigen Gesichtsausdruck. Es war dennoch spürbar, unter welcher Anspannung der Mann stand. Er suchte nach Worten, wich dem Blick der Kommissarin aus und vermied es dabei ebenso, zu seinen Kindern hinüberzusehen.

»Denken Sie nicht, dass wir ein Recht haben, hier zu sein?«, fragte er.

»Die Frage ist, was Sie ausgerechnet hier auf Spiekeroog wollen«, entgegnete Wiebke Eden. »Sie wissen, dass Herr Lackmann hier ein Haus besitzt.«

»Sicher«, räumte Hauser ein. »Aber was spielt das für eine Rolle? Können wir uns nicht trotzdem hier aufhalten? Haben meine Kinder nicht das Recht zu erfahren, wo ihre Mutter sich aufgehalten hat, wenn sie nicht zu Hause war?« Seine Stimme hatte einen verbitterten Unterton angenommen, bei dem es Wiebke kalt den Rücken hinunterlief.

»Ich kann Sie nicht davon abhalten, sich hier auf der Insel zu bewegen. Aber wenn Sie meinen persönlichen Rat hören wollen … halten Sie sich von Herrn Lackmann fern. Besser noch: Kehren Sie wieder um und suchen Sie sich einen anderen Ausflugsort. Langeoog hat auch ein paar nette Flecken.«

Hauser presste seine Lippen aufeinander. »Besten Dank für den Tipp. Aber ich denke, ich weiß schon allein, was gut für uns ist und was nicht.«

»Gut, meinetwegen«, antwortete Wiebke. »Wenn Sie so darauf brennen, lassen Sie uns doch gleich Nägel mit Köpfen machen. Was halten Sie davon, wenn Sie heute im Lauf des Vormittages bei uns auf der Dienststelle vorbeischauen? Sagen wir gegen zehn Uhr? Ich kann mir vorstellen, dass mein Vorgesetzter, Hauptkommissar Mattern, Sie gerne kennenlernen würde, um Ihnen noch einige Fragen zu stellen. Ihnen dreien.«

Hausers Zunge spitzelte über seine Lippen. Er fasste den Rucksack, den er in seinen Händen hielt, fester.

»Natürlich. Ich weiß zwar nicht, was wir noch aussagen könnten, aber … bitte. Wir werden versuchen, es einzurichten. Haben Sie im Augenblick noch weitere Fragen an uns, oder können wir jetzt gehen?«

Wiebke gab den Weg frei und deutete ins Innere der Insel. »Sie dürfen. Aber denken Sie an meine Worte.«

Hauser erwiderte nichts, sah die Kommissarin nicht einmal mehr an. Emma und Kevin hatten es offenbar auf einmal eilig, ihrem Vater zu folgen.

Wiebke erhaschte einen Blick der jungen Frau. Emma Hauser hatte ihre Brauen leicht zusammengezogen. Darunter lagen zwei dunkle Augen, in denen es kurz aufblitzte.

Die Kommissarin drehte sich um und sah den dreien nach. In ihrem Magen begann sich etwas zu regen.

***

Hauptkommissar Hinrich Mattern machte einen Schritt auf die Pforte unter dem eisernen Torbogen zu und klingelte.

Von dem Grundstück nebenan vernahm er das regelmäßig zuschnappende Geräusch einer Heckenschere.

Der Summer ertönte, und Mattern drückte die Gartenpforte mit seinem Daumen auf.

Gleichzeitig begann sein Handy in seiner Westentasche zu vibrieren. Der Kommissar zückte es hervor, während er die Pforte hinter sich zufallen ließ.

»Ja?«

»Wiebke Eden hier. Moin.«

»Moin.«

Aus den Augenwinkeln heraus beobachtete Mattern, wie die Tür des Hauses geöffnet wurde.

»Wo sind Sie gerade?«, fragte seine neue Mitarbeiterin.

»Villa Lackmann.«

»Ah, das trifft sich gut. Wissen Sie, wen ich gerade eben bei der Fähre abgefangen habe? Stefan Hauser und seine beiden Kinder.«

Mattern hielt in der Bewegung inne. Er war stehen geblieben und sah Michael Falsung entgegen, der sich mit dem gewohnten Lächeln auf den Lippen näherte.

»Die ganze Familie?«, platzte es aus dem Kommissar heraus.

»So ist es. Ich konnte sie leider nicht davon überzeugen, wieder kehrtzumachen. Deswegen habe ich sie um zehn Uhr auf die Dienststelle bestellt. Passt Ihnen das?«

»Müsste klappen«, gab Mattern zurück. Er bedachte den jungen Falsung mit einem kurzen Blick. »Hat er Ihnen verraten, was er mit seinem kleinen Ausflug bezweckt?«

»Ich befürchte nichts Gutes«, kam es durch die Leitung. »Ist vielleicht besser, wenn Sie Lackmann vorwarnen.«

Mattern versprach, genau das zu tun, verabschiedete sich mit knappen Worten und steckte sein Handy mit mürrischem Gesichtsausdruck zurück in seine Tasche.

»Morgen, Herr Kommissar«, grüßte Falsung und tippte sich dabei kurz gegen die Stirn. »Ärger?«

»Was meinen Sie damit? Wollen Sie etwa welchen?«

Falsung lachte. »Ich seh schon, dass mit Ihnen heute Morgen nicht gut Kirschen essen ist. Sie wollen bestimmt zu Herrn Lackmann?«

»Erraten. Wie kommt es eigentlich, dass Sie öffnen? Müssen Sie heute nicht arbeiten?«

»Hab erst heute Nachmittag den nächsten Kurs«, antwortete Falsung. »Heute Morgen ist ein Kollege dran.«

»Ist Ihre Mutter auch hier?«

Falsung deutete zum Haus hinüber. »Hat drüben gerade das Frühstück serviert. Wenn Sie sich beeilen, kriegen Sie bestimmt noch eine Tasse Tee ab.«

Mattern machte ein unbeteiligtes Gesicht. Er wollte sich gerade wieder in Bewegung setzen, als er abrupt wieder abstoppte. »Sagen Sie … Ihre Mutter hat angegeben, dass sie in der Tatnacht in ihrem gemeinsamen Haus in Jever gewesen ist.«

»Ja. Stimmt was nicht damit?«

»Sie würden das bestätigen, nehme ich an.«

»Natürlich«, gab Falsung zurück. »Meine Mutter ist mit der letzten Fähre nach Hause gekommen. Ich selbst habe sie von der Anlegestelle abgeholt.«

»Ah ja.« Mattern nickte.

»Haben Sie einen bestimmten Grund, mich das zu fragen?«, hakte Falsung nach. »Ich meine, Sie werden sie doch sicher selbst schon nach einem möglichen Alibi gefragt haben, oder täusche ich mich da?«

»Sie täuschen sich nicht, das habe ich tatsächlich getan.«

»Dann verstehe ich nicht, warum …«

»Ich habe Augen im Kopf«, unterbrach Mattern barsch. »Und mir ist nicht entgangen, dass zwischen Ihrer Mutter und Herrn Lackmann ein recht vertrautes Verhältnis herrscht.«

Der junge Mann zuckte mit den Schultern. »Halten Sie das für so ungewöhnlich? Immerhin ist sie ja schon einige Jahre bei ihm. Die beiden verstehen sich blendend.«

»Sehen Sie, und ich habe mich gefragt, wie gut das wohl tatsächlich ist.«

Das Lächeln verschwand aus Falsungs Gesicht, das damit gleich eine deutliche Spur härter wirkte.

»Wenn Sie es genau wissen wollen, warum fragen Sie meine Mutter dann nicht danach?«

Matterns Mundwinkel zuckten. »Sie werden lachen, aber genau das hatte ich tatsächlich vor. Na, dann mal noch ’n schönen Tag.«

Mattern wandte sich ab und ließ Michael Falsung stehen. Er wandte sich zum Haus. Die Haustür stand noch immer halb offen.

Er fand Lackmann und Ruth Falsung draußen am Pool. Die beiden saßen an einem Tisch unter einem gigantischen Sonnenschirm. Die Hausangestellte schenkte gerade Kaffee nach.

Mattern kam nicht umhin zu bemerken, dass sie ein eigenes Gedeck hatte und mit ihrem Chef frühstückte.

Lackmann machte einen geräderten Eindruck, als hätte er die Nacht über nicht geschlafen. In seinem Haar steckte eine rotbraune Sonnenbrille, unter seinen Augen waren dunkle Ringe erkennbar. Neben ihm auf dem Tisch lag eine aufgeschlagene Zeitung.

Lackmann nickte dem Ermittler zu, deutete auf einen freien Stuhl neben sich.

»Morgen, Herr Kommissar. Es hat noch niemand über die Tote von Spiekeroog geschrieben.«

»Stimmt«, antwortete Mattern ein wenig selbstzufrieden, während er sich setzte. »Manchmal gelingt es mir, die Brüder von der Presse auf gesundem Abstand zu halten. Wobei ich heute Morgen trotzdem eine Meldung rausgegeben habe. Wir erhoffen uns dabei weitere Hinweise auf die Tote. Von anderer Seite kommt ja leider nix.«

Mattern blickte auf den Frühstückstisch, aber aus den Augenwinkeln heraus registrierte er, dass sich Lackmann und seine Haushälterin einen betretenen Blick zuwarfen.

Lackmann bestrich eine Brötchenhälfte mit Marmelade und legte das Messer auf dem Tellerrand ab.

»Darf ich fragen, was Sie heute Morgen zu mir führt?«

Der Kommissar lehnte sich mit einem tiefen Seufzer zurück. »Eigentlich bin ich nur gekommen, um Ihnen zu sagen, dass es kaum neue Erkenntnisse gibt. Ich habe gestern Nachmittag noch ein wenig herumtelefoniert. Frau Heitkamp, beziehungsweise Frau Hauser, wie wir richtigerweise sagen müssen, hat sich vor einigen Wochen über das Internet einen gefälschten Personalausweis besorgt. Ich bin überzeugt, dass wir den richtigen bei den Hausers in Esens finden werden.«

»Ich verstehe immer noch nicht, was sie damit bezwecken wollte«, sagte Lackmann kopfschüttelnd.

»Möglicherweise war ihr nicht klar, dass sie früher oder später mit dem gefälschten Ausweis bei den Behörden in Schwierigkeiten geraten wäre. Ich denke, dass sie endlich Nägel mit Köpfen machen wollte«, erklärte der Kommissar. »Vielleicht hatte sie das Versteckspielen satt. Sie bereitete alles vor, um einen Neuanfang auf Spiekeroog zu machen. Mit Ihnen.«

Mattern hatte den Hausherrn gemeint, doch er blickte dabei die Angestellte an.

Ruth Falsung schien der Appetit vergangen zu sein. Sie hatte ihr Frühstück kaum angerührt und bisher nur einmal an ihrer Teetasse genippt.

»Wie denken Sie darüber, Frau Falsung?«

Die Frau am anderen Tischende versteifte sich unmerklich. »Ich verstehe Ihre Frage nicht ganz, Herr Kommissar. Ich denke, es steht mir in dieser Sache kein Urteil zu.«

»Würde ich nicht sagen«, gab Mattern zurück. »Mal angenommen, Herr Lackmann hätte in die Heirat eingewilligt … das hätte doch für das Leben hier im Haus eine ganz schöne Änderung bedeutet, oder nicht?«

»Ich …«

»Wer weiß, ob Sie dann nicht auch Ihr Zimmer hätten räumen müssen, weil Ihre Stelle überflüssig geworden wäre.«

Ruth Falsung erbleichte unter ihrer gebräunten Haut. Ihr Gesicht wirkte wie versteinert.

»Herr Kommissar«, schaltete sich Lackmann von links ein, »was Sie da sagen, ist rein hypothetisch. Ich hätte Rena … Frau Hauser niemals geheiratet.«

»Vielleicht wäre es gut gewesen, wenn Sie das mal laut geäußert hätten. Für alle Beteiligten.«

Ruth Falsung schob ihren Teller beiseite. Sie machte Anstalten, aufzustehen.

»Wo wollen Sie hin?«, fragte Mattern.

»Ich würde gerne abräumen«, antwortete die Angestellte. »Ich habe noch in der Küche zu tun.«

»Ich möchte, dass Sie noch einen Augenblick hierbleiben«, sagte Mattern und beobachtete, wie sich die Frau mit einem leisen Seufzer in ihr Schicksal fügte.

»Ich habe gestern nicht daran gedacht, Sie zu fragen, wie Sie mit Frau Hauser ausgekommen sind.«

»Was soll denn die Frage?«, kam es von links. Lackmann ließ sein Brötchen sinken.

Mattern hob, ohne den Mann anzusehen, seine linke Hand und brachte ihn zum Schweigen.

Die Blicke ruhten jetzt voll und ganz auf der Hausangestellten.

Ruth Falsung zuckte schließlich mit den Schultern. »Wie soll ich schon ausgekommen sein mit ihr … gut natürlich.«

»Ist es Ihnen nicht schwergefallen, Anweisungen von dieser Frau entgegenzunehmen? Oder hat sie Ihnen gar keine erteilt?«

Die Frau begann ihre Sitzposition zu verlagern. Sie strich sich mit einem Fingernagel unter dem rechten Auge entlang, als würde sie eine Wimper stören.

Im Hintergrund trat Michael Falsung auf die Terrasse hinaus. Er trug ein grelles T-Shirt und kurze Hosen. Eine dunkle Sonnenbrille klemmte ihm am Kragen. Seine Augen funkelten, sein Gesicht schien zu strahlen, doch ließ die Wirkung abrupt nach, als er die angespannte Stimmung bemerkte.

Er trat von hinten an den Stuhl heran, auf dem seine Mutter saß, legte seine Hände auf die hohe Lehne.

»Wollen Sie meine Frage nicht beantworten?«, hakte Mattern nach.

»Sie müssen sie nicht beantworten, Ruth«, zischte ihr Lackmann von gegenüber zu.

»Ich weiß nicht, worauf Sie hinauswollen«, sagte sie schließlich. Ihre Stimme bebte leicht. »Frau Hauser hat mir keine Anweisungen erteilt, und falls doch …«

Sie brach ab, blickte suchend um sich.

Mattern beugte sich weit über die Tischplatte. »Es muss verdammt schwer für Sie gewesen sein, hm? Den Mann, den Sie lieben, den Sie vielleicht immer schon geliebt haben, plötzlich mit einer anderen teilen zu müssen, die sich dann auch noch hier einnisten wollte.«

Ruth Falsungs Atmung wurde hektischer. Sie zitterte inzwischen am ganzen Körper. Plötzlich sprang sie auf, schob den Stuhl und damit auch ihren verblüfften Sohn nach hinten. Ohne ein weiteres Wort wirbelte sie auf der Stelle herum und verschwand über die Terrasse im Haus.

»Was war denn das?«, schnappte Falsung. In einer wütenden Bewegung schob er den Stuhl zurück, blieb neben dem Kommissar stehen und starrte auf ihn herunter. »War es wirklich nötig, so grob mit meiner Mutter umzugehen?«

Mattern hob abwehrend die Hände. »Ich bin mir nicht bewusst, sie angefasst oder beleidigt zu haben.«

»Sie wissen genau, was ich meine!«

»Ich muss Michael recht geben«, mischte sich Lackmann in die Unterhaltung. »Das war vollkommen unnötig. Sie haben die Frau mit Ihren Fragen bloßgestellt. Was haben Sie sich nur dabei gedacht?«

»Ich versuche hier einen Mordfall aufzuklären«, antwortete Mattern, nicht im Geringsten beeindruckt. »Und ich habe einfach das unbestimmte Gefühl, dass mir so einiges verschwiegen wird. Und zwar von Ihnen allen.«

Lackmann warf seine Serviette auf den Tisch.

»Das ist eine unverschämte Unterstellung! Ich will, dass Sie unverzüglich mein Haus verlassen!«

»Wie Sie wollen«, antwortete Mattern und stand auf, ohne seinen Blick vom Hausherrn abzuwenden. »Hatte ich Sie eigentlich schon gefragt, was Sie am Abend des Mordes gemacht haben, als Sie allein im Haus waren? Sie waren doch allein?«

Lackmann war rot angelaufen. Er hatte beide Hände auf den Stuhllehnen aufgestützt.

»Ich habe getrunken«, antwortete er zerknirscht. »Und ja: Ich war allein! Sind Sie jetzt endlich zufrieden?«

»Ganz und gar nicht«, gab der Kommissar zurück. »Aber Sie werden schon noch merken, wenn es so weit ist.«

»Raus hier«, zischte Lackmann. Er flüsterte fast.

Mattern nickte Falsung zu. Kurz vor der Terrassentür drehte er sich noch einmal um.

»Ach, übrigens: Die gesamte Familie Hauser ist heute Morgen mit der ersten Fähre auf Spiekeroog angekommen. Wir haben keine Handhabe dagegen. Aber Sie können mich jederzeit anrufen, falls sich etwas Ungewöhnliches ereignen sollte.«

Mattern ging.

Lackmann erschien blasser denn je.

## Kapitel 15

»Ruth?«

Er hastete durch das Haus. »Ruth, wo stecken Sie?«

Mitten im Korridor blieb Lackmann stehen. Er wäre beinahe an der Tür vorbeigelaufen. Sie war nur angelehnt. Kurzentschlossen drückte er sie auf.

Das Bett war gemacht. Darauf befand sich ein lackierter Koffer, in den Ruth Falsung hastig Kleidung und andere Habseligkeiten warf, die sie in ihrem Zimmer aufbewahrte.

Lackmann blieb für einen Moment auf der Türschwelle stehen. Seine Angestellte schien ihn nicht wahrzunehmen. Sie unterbrach ihre Tätigkeit nicht, sah nicht einmal zu ihm her.

»Ruth, jetzt warten Sie doch mal«, sagte er, als er einen ausgreifenden Schritt in das Zimmer hineintat und sie bei den Armen packte.

»Bitte lassen Sie mich«, presste sie hervor, wandte ihren Kopf und vermied es immer noch, ihn anzusehen.

»Was tun Sie denn hier?«, fragte er mit gepresster Stimme.

Sie lachte leise auf, schniefte dabei, kämpfte mit den Tränen. »Wonach sieht es denn für Sie aus?«

Lackmann hielt sie noch immer fest, drehte sie sanft zu sich herum, sodass er ihr Gesicht sehen konnte. Er löste seine rechte Hand und nahm ihr mit spitzen Fingern ein seidenes Negligé ab, das er achtlos auf das Bett fallen ließ.

»Sie werden sich doch nicht von diesem einfältigen Kommissar in die Flucht schlagen lassen«, sagte er leise, aber bestimmt. »Doch nicht nach allem, was wir hier schon zusammen erlebt haben. Was soll ich denn anfangen ohne Sie?«

Sie löste ihre Hände, wischte sich mit einem Taschentuch eine Träne weg, bevor sie die Reste des Make-ups ruinieren konnte.

»Ich hätte schon viel früher gehen sollen. Gleich nachdem sie hierhergekommen ist. Ich habe viel zu lange damit gewartet.«

Er unternahm den Versuch eines Lächelns. »Sie wollten eben das Feld nicht kampflos räumen, hm?« Seine Fingerspitzen legten sich unter ihr Kinn, hoben es leicht an. In diesem Augenblick sah er sie das erste Mal als Frau.

»Und was ist, wenn ich Sie bitte, nicht zu gehen?«

Ihr Blick hing an seinem. Es war, als suchte sie etwas, die Antwort auf eine Frage, die irgendwo in seinen Augen verborgen lag.

»Was würde das ändern?«, fragte sie leise, die Stimme halb von Tränen erstickt.

»Vielleicht einiges. Vielleicht alles.«

Sie sah ihn weiter an, ihre Lippen aufeinandergepresst. Sie kämpfte. Mit ihren Tränen, mit sich selbst.

Sein Gesicht näherte sich ihrem. Ihrer beider Lippen waren nur noch zwei Zentimeter voneinander entfernt.

»Vielleicht ist jetzt nicht der richtige Zeitpunkt«, flüsterte er, »aber wenn diese Sache hier vorbei ist, vielleicht …«

In dieser Sekunde läutete es an der Tür.

Beide, Lackmann und Ruth Falsung, zuckten zusammen, drehten ihre Köpfe und blickten durch die geöffnete Zimmertür in den Korridor.

»Wer kann das sein?«, flüsterte sie.

»Ich weiß es nicht.« Lackmann löste sich vorsichtig von ihr.

Es klingelte erneut. Irgendwo aus dem Haus näherten sich die Schritte von Michael Falsung. Im nächsten Augenblick tauchte seine Gestalt im Hausflur auf.

»Ich gehe schon«, sagte er mit einem Kopfnicken.

»Nein, warte!«, rief Lackmann hastig. Er trat energisch auf den anderen zu und bedeutete ihm, stehen zu bleiben. »Ich mache das schon.«

Falsung blickte verständnislos von seiner Mutter zurück zu Lackmann. »Aber ich dachte …«

Der Hausherr hob die Hände. »Kein Grund zur Aufregung. Ich regle das schon selbst.« Er setzte sich in Bewegung. Auf dem Weg zur Haustür fügte er mit einem Lächeln hinzu: »Vermutlich ist es ohnehin nochmal dieser furchtbare Kommissar.«

Lackmann öffnete. Vor der Tür stand ein Mädchen, eine junge Frau. Sie trug Jeans mit ausgefransten Löchern in Kniehöhe und trotz der Temperaturen eine schwarze Lederjacke.

Lackmann kannte die Jacke. Er war dabei gewesen, als die Frau, die für ihn noch immer Rena Heitkamp war, sie gekauft hatte. Vor wenigen Tagen erst. Angeblich für sich selbst, doch Lackmann hatte da bereits ein merkwürdiges Gefühl gehabt. Es hatte ihn nicht getrogen.

»Darf ich reinkommen?«, fragte die junge Frau.

Der Hausherr war perplex. Er versuchte, an seinem Gegenüber vorbei zu schielen. Es gelang ihm. Was er sah, beruhigte ihn. Offenbar war die Kleine allein gekommen.

»Natürlich«, sagte er leise und gab den Weg frei.

Die Dunkelhaarige verzog ihre Lippen zu einem leicht amüsierten Lächeln, während sie betont lässig an ihm vorbei stolzierte.

Nachdem Lackmann die Tür geschlossen hatte, fragte sie: »Sie wissen, wer ich bin?«

»Du … Sie müssen Emma sein, richtig?«

Die Angesprochene bildete mit dem Daumen und den ersten zwei Fingern ihrer linken Hand eine Pistole, richtete sie auf Lackmann und erzeugte mit ihren Lippen ein ploppendes Geräusch.

Durch den Flur näherte sich Falsung mit langsamen Schritten. In einigem Abstand blieb er stehen. Hinter ihm, an den Türrahmen zu ihrem Zimmer gelehnt, stand Ruth und beobachtete das Geschehen.

Emma Hauser war sich der Aufmerksamkeit, die sie plötzlich erhielt, bewusst, und sie schien dabei jede Sekunde zu genießen.

»Ich bin gekommen, um mit Ihnen zu reden«, sagte sie.

Lackmann schien für einen Moment zu überlegen, dann nickte er. »Unter vier Augen, nehme ich an. Wir können gerne …«

»Nicht unter vier Augen. Was ich zu sagen habe, können hier ruhig alle hören.«

Emma Hauser hatte ihr Kinn leicht vorgestreckt. Sie wirkte angriffslustig, von sich selbst und ihrer Sache überzeugt.

»Schön«, sagte Lackmann gedehnt und deutete mit einer Hand in Richtung des Wohnzimmers. »Wollen wir uns vielleicht setzen?«

Sie schüttelte den Kopf. »Nicht nötig. Ich glaube nicht, dass es lange dauern wird. Und ehrlich gesagt …«, sie begann leise zu lachen, eine dunkle Haarsträhne löste sich und fiel ihr in die Stirn, »hab ich wenig Bock, mit Ihnen hier auf Konversation zu machen oder mich irgendwo da hinten von Ihnen überwältigen zu lassen.«

Lackmanns Züge wurden hart. »Nachdem das geklärt wäre, können Sie ja dann zur Sache kommen.«

»Keine Sorge«, gab sie zurück, langte unter ihre Jacke und zog die Pistole darunter hervor. Sie richtete sie auf Lackmann und begann dann damit, den Lauf zwischen den anderen und ihm hin und her zu schwenken.

»Sind Sie verrückt?«, bellte Lackmann. »Was soll das?«

Emma verzog ihr Gesicht zu einer angewiderten Grimasse. »Denken Sie vielleicht, ich komme unvorbereitet in Ihr Haus?«

Hinter Lackmann ertönte ein leises Lachen. Michael Falsung löste sich von seiner Position und trat näher. »Mach dich doch nicht lächerlich, Kleines. Hast wohl zu viel ferngesehen, hm?«

Der Lauf der Pistole ruckte herum. »Sie können es gerne drauf ankommen lassen.«

Falsung lächelte und tat so, als würde er die Hände hochheben wollen. »Komm schon. Steck das Spielzeug weg. Sag, was du von Herrn Lackmann willst, und dann verdufte.«

»Wichser«, spie ihm Emma Hauser entgegen. »Die Sache läuft nach meinen Spielregeln ab, kapiert?«

Falsung zeigte sich unbeeindruckt.

Anders dagegen Lackmann, der tatsächlich die Arme erhoben hatte und in dessen Blick es die ganze Zeit schon unruhig flackerte. »Ganz wie Sie wollen. Ich bin sicher, dass wir die Angelegenheit vernünftig regeln können. Wie wäre es, wenn wir …«

»Ich weiß, dass es einer von euch gewesen ist«, unterbrach die junge Frau. Zwischen ihren dunklen Augen hatte sich eine zornige Falte gebildet. »Ich weiß es, weil mir meine Mutter so einiges erzählt hat, was hier abgelaufen ist.«

Schritte. Ruth Falsung wagte sich nach vorne.

»Was hat sie dir erzählt?«, fragte sie.

Emma schenkte ihr kaum Beachtung. Ihr Blick war stur auf Lackmann gerichtet.

»Ich weiß genug«, beharrte sie. »Zum Beispiel von einer kleinen Französin, die von zu Hause ausgerissen war und auf Spiekeroog gelandet ist.« Ihr Blick wanderte durch die Runde. »Soll ich noch mehr sagen?«

Niemand ging darauf ein. Stattdessen entstand eine Stille, die unangenehm auf der Szene lastete.

»Es ist einer von euch gewesen«, beharrte Emma. »Aber keine Angst: Es ist mir völlig gleichgültig, wer es gewesen ist. Genauso wie mir meine Mutter gleichgültig war. Sie hat meinen Vater und uns Kinder doch sowieso nur verarscht. Von Anfang an. Ich hab es immer gewusst. Nur mein Vater nicht. Der hat es als Letzter gemerkt, der Idiot.«

»Du scheinst nicht viel von deinen Eltern zu halten«, sagte Lackmann leise und monoton.

Emma Hauser schüttelte den Kopf. »Und deswegen denke ich nur noch an mich. Um auf den Punkt zu kommen: Ich sehe nicht ein, dass ich von jetzt an leer ausgehen soll. Ich erwarte von demjenigen, der sich jetzt angesprochen fühlt, innerhalb von zwei Stunden dreitausend Euro in bar.«

»Dreitausend Euro?« Lackmann blickte die junge Frau fassungslos an.

»Eine Summe, die sich wohl ohne Weiteres vom Automaten abheben lässt«, fuhr Emma fort. »Und damit wir uns nicht falsch verstehen: Der Betrag ist die erste Rate.«

Sie zog eine kleine braune Papiertüte aus ihrer Tasche und ließ sie durch die Luft segeln. »Ihr werdet mir das Geld da reintun.«

»In eine Kotztüte von der Fähre?«, fragte Falsung grinsend.

»Keine Sorge, ich hab sie nicht benutzt. Ich nehme an, dass ihr alle die Aussichtsdüne kennt. Da wo diese komische Skulptur steht.«

»Der Utkieker«, ergänzte Lackmann.

»Genau das Ding meine ich. In unmittelbarer Nähe gibt es einen Abfallbehälter. Punkt zwölf Uhr werdet ihr die Tüte da einwerfen und verschwinden. Alles klar so weit?«

»Mädchen«, antwortete Falsung, »wenn du auch nur einen Moment glaubst, dass sich irgendjemand von uns auf dieses Spiel einlässt, dann bist du noch verrückter, als du jetzt schon rüberkommst.«

»Werden wir ja sehen«, gab sie herausfordernd zurück. Emma Hauser verzog dabei keine Miene, machte einen vollkommen gelassenen Eindruck. »Einer von euch war's«, schob sie hinterher. Dabei ließ sie ihren Blick über die drei Anwesenden wandern. »Ich hätte sogar einen Tipp abzugeben, aber das spare ich mir im Moment.« Emma Hauser setzte sich langsam in Bewegung. Sie ging ein paar Schritte rückwärts, bis sie in die Nähe der Tür kam. »Ach ja, es ist vielleicht unnötig, das zu erwähnen, aber … sollte das Geld nicht pünktlich abgegeben werden, wende ich mich mit dem, was ich weiß, an die Polizei. Alles klar so weit?«

Lackmann ließ langsam seine Arme sinken. »Ganz schönes Früchtchen bist du. Du hast dabei nur eins vergessen: Wenn du zur Polizei läufst, wirst du keine Kohle sehen. Von niemandem.«

Emma stieß ein leises Kichern aus. »Kann schon sein. Aber dafür habe ich den Spaß, einen von euch ans Messer geliefert zu haben. Ist doch auch nicht schlecht.« Sie wandte sich zum Gehen, drehte sich an der Tür aber noch einmal um.

»Wer weiß, vielleicht wart ihr es ja auch alle zusammen?«

Sie zog die Tür auf, ließ die Pistole im letzten Moment unter ihrer Jacke verschwinden und trat nach draußen.

Der Himmel hatte sich bewölkt.

Sie blickte sich nach allen Seiten um, weil sie nicht noch einmal der Polizei in die Arme laufen wollte. Oder ihrem

Vater, wobei sie nicht einmal wusste, was ihr lästiger gewesen wäre.

Sie wandte sich nach links, beschleunigte ihre Schritte, um das Grundstück so schnell wie möglich zu verlassen.

»He, Emma!«

Sie zuckte bei dem Klang der Stimme hinter ihr heftig zusammen.

Emma drehte sich um.

## Kapitel 16

Hauptkommissar Hinrich Mattern, der sich seinem Fahrrad hatte zuwenden wollen, dass er ein Stück weiter an der Straße abgestellt hatte, war einen Schritt weit auf das Nachbargrundstück getreten.

Ein älterer Mann mit Sonnenhut bearbeitete seinen hohen Lorbeer mit einer Heckenschere. Er hielt sofort inne, als er den anderen auf der Straße erblickte.

»Entschuldigung, sind Sie nicht Kommissar Mattern?«

»Hauptkommissar«, murmelte der Angesprochene und trat einen Schritt näher an die Hecke heran, die direkt an der Straße abschloss.

»Einen Augenblick, bitte.« Der Kopf verschwand hinter der Hecke. Mattern hörte den Mann auf der anderen Seite eine Trittleiter hinuntersteigen.

Eine Pforte quietschte, und der Nachbar Lackmanns streckte seinen Kopf an anderer Stelle heraus.

»Könnte ich Sie vielleicht einen Augenblick sprechen?«

Statt einer Antwort schlenderte Mattern auf den Mann zu, bis er die Pforte erreicht hatte.

»Ich habe im Augenblick eine Menge zu tun. Was gibt es denn?«

»Bense ist mein Name«, erklärte der Mann mit dem Sonnenhut ausweichend. Schweiß glänzte auf seiner Stirn, sogar auf seinem Nasenrücken. »Ich weiß nicht, ob Sie mich kennen. Aber ich kenne Sie.«

»Offensichtlich«, gab Mattern zurück.

Bense war einen Schritt zurückgewichen und winkte dem Kommissar, ihm auf sein Grundstück zu folgen.

Für Mattern hatte die Szene etwas Märchenhaftes. Fast erwartete er, hinter dem Durchgang der Hecke einen verwunschenen Brunnen zu entdecken, vor dem vielleicht ein blondes Mädchen an einem Spinnrad hockte, das sich jeden Augenblick an ihrer Spindel verletzen konnte.

Tatsächlich schloss sich an die Hecke nur ein halb verwildertes Rasenstück an, das im weiteren Verlauf in eine Wildblumenwiese überging. Beinahe war Mattern enttäuscht.

»Also?«, fragte er. »Was gibt es denn so Dringendes?«

In diesem Augenblick näherte sich von der Straße her das Geräusch eines haltenden Fahrrads. Ein kurzes Schrammen an der Hecke. Schritte näherten sich.

»Mattern?« Die Stimme Wiebke Edens.

»Anscheinend bin ich heute ziemlich gefragt«, ließ der Hauptkommissar leise entweichen.

»Mattern? Sind Sie hier irgendwo?«

»Hier!«, rief er. »Ab durch die Hecke!«

Schritte auf der Straße, auf dem feinen Kies davor. Im Durchgang tauchte ein Schatten auf und wurde in der nächsten Sekunde zu der Inselkommissarin, die ihrem Vorgesetzten einen leicht irritierten Blick zuwarf.

»Oh, Entschuldigung«, sagte sie. »Ich wusste nicht, dass Sie mitten in einem Gespräch sind.«

»Von einem Gespräch konnte bisher nicht die Rede sein«, antwortete Mattern. Er sah den Grundstückseigentümer an. »Das ist meine Kollegin Frau Eden.« Er wechselte seinen Blick zu Wiebke hinüber. »Das ist Herr Bense. Und Herr Bense wollte mir gerade etwas erzählen, von dem ich sehr hoffe, dass es wichtig ist.« Mattern bedeutete dem Mann, loszuwerden, was ihm offenbar auf der Seele brannte.

Bense nickte eifrig, nahm den Sonnenhut ab, knüllte ihn in der Hand zusammen und wischte sich damit den Schweiß vom Gesicht.

»Es ist so«, begann er gedehnt, »seit gestern haben einige Gerüchte die Runde gemacht. Sie wissen schon … Gerüchte über die tote Frau, die in den Dünen gefunden wurde.«

»Was sind denn das für Gerüchte?«, fragte Mattern lauernd.

»Nun ja, zum Beispiel, dass sie ermordet wurde.« Bense wirkte verdutzt, als müsse er dem Kommissar erst erklären, wie das mit den Gerüchten auf der Insel wirklich funktionierte.

Der Hauptkommissar winkte ab. »Geredet wird viel. Erzählen Sie mir lieber was Neues.«

Bense wand sich. Die Unterhaltung, obwohl von ihm selbst angestrebt, schien ihm unangenehm.

»Ich habe inzwischen erfahren, dass es sich um die Frau handelt, die …«, er warf einen Blick nach links, wo Lackmanns hohe Mauer die beiden Grundstücke voneinander trennte, »die nebenan ein und aus gegangen ist.«

Wiebke Eden trat ein wenig näher an die beiden Männer heran. »Lassen Sie sich nicht aufhalten, Herr Bense. Erzählen Sie ruhig weiter.«

Der Nachbar sah die junge Kommissarin dankbar an. »Ich denke, es gibt da möglicherweise etwas, das Sie vielleicht noch nicht über diese Frau wissen. Aber ich schätze, Sie sollten es erfahren. Weil es vielleicht wichtig ist.«

Mattern trat von einer Stelle auf die andere. »Tun Sie mir einen Gefallen und machen Sie es nicht so spannend. Was wollen Sie uns mitteilen?«

»Das ist leider nicht so einfach zu sagen. Ich denke, es ist besser, wenn Sie mit mir ins Haus kommen. Ich … ja, ich würde Ihnen gerne etwas zeigen.«

Die beiden Kommissare tauschten einen kurzen Blick untereinander. Wiebke Eden nickte ihrem Vorgesetzten zu.

Mattern breitete hilflos die Arme auseinander und ließ sie gleich wieder sinken.

»Also schön«, sagte er, »gehen wir. Und gnade Ihnen Gott, wenn es nicht wichtig ist.«

»Ich bin überzeugt, dass Sie nicht enttäuscht sein werden«, antwortete Bense. Er drückte seine Mütze in beiden Händen, als wollte er sie auswringen. Er versuchte ein Lächeln, dann drehte er sich um und ging auf das einfache Backsteinhaus zu.

Mattern sah seine Kollegin an. Er deutete auf Bense und tippte sich dann gegen die Stirn. »Der spinnt doch.«

»Glauben Sie wirklich?« Wiebke sah dem Mann skeptisch nach.

»Jede Wette«, gab Mattern zurück. »Würde mich nicht wundern, wenn der uns gleich was aus der Glaskugel vorliest oder irgendein anderes ungewöhnliches Hobby präsentiert.«

»Na kommen Sie«, antwortete Wiebke, »er wartet schon auf uns.«

Tatsächlich stand Bense bereits an der geöffneten Haustür und blickte den beiden Kommissaren erwartungsvoll entgegen. Noch immer drückte und quetschte er seine Mütze und trat verlegen auf der Stelle.

Mattern und Eden bewegten sich auf die Stelle zu und folgten dem Mann ins Haus. Drinnen umfing sie eine angenehme Kühle. Der Hausflur war eng. Um die beiden Polizisten eintreten zu lassen, war Bense auf die dritte Stufe der Treppe gestiegen, die neben der Eingangstür nach oben führte.

»Wollen Sie auf einen Sprung mit nach oben kommen?«, fragte der Hausherr, unsicher lächelnd.

Mattern bedeutete dem Mann, vorauszugehen.

Die hölzernen Stufen waren ausgetreten und knarrten bei jedem Schritt leise. Am oberen Ende lag ein verblichener Läufer mit langen Fransen, in denen sich der Staub verfangen hatte.

Bense blickte sich kurz um, als wolle er sich vergewissern, dass ihm die beiden anderen noch immer folgten. Er steuerte eine weiß lackierte Tür am Ende des oberen Flurs an.

Dort blieb er stehen und klopfte leise. Dabei legte er sein linkes Ohr an das Türblatt.

Etwas regte sich in dem Zimmer dahinter. Ein leises Knarren, so als wäre jemand über den alten Dielenboden gegangen.

Bense blickte die beiden Beamten an, nickte ihnen zu.

Dann öffnete er.

Die Tür schwang auf. Mitten in der kleinen Kammer dahinter stand eine junge Frau im einfallenden Sonnenlicht. Das dunkle Haar umrahmte ein unschuldiges Gesicht. Grüne Augen blickten ihnen mit leichter Scheu entgegen.

Mattern öffnete den Mund, wie um etwas zu sagen. Doch er blieb stumm.

Er wusste in diesem Augenblick, dass er die unbekannte Frau aus dem Kino vor sich hatte.

## Kapitel 17

»Was willst du?«

Emma Hauser starrte den jungen Mann an, der sich ihr näherte. Im ersten Moment war von ihm kaum mehr zu erkennen als ein schattenhafter Umriss.

Aber natürlich hatte ihn seine Stimme verraten.

Kevin Hauser trat auf seine Schwester zu, blieb auf Armeslänge Abstand stehen.

»Du bist da drinnen gewesen?«, fragte er und deutete mit einem Kopfnicken zur Grundstücksmauer.

»Nicht so laut«, zischte sie. »Die Bullen sind noch immer nebenan.« Sie packte ihn am Ärmel seines Hoodies und zog ihn mit sich.

Sie entfernten sich zwanzig Meter von Lackmanns Villa. Dreißig.

»Stopp!«, rief Kevin und riss sich in einer wütenden Bewegung los.

»Was ist?«, hielt Emma dagegen. »Was willst du?«

»Das weißt du ganz genau.« Er streckte seine rechte Hand aus. Seine Finger führten fordernde Bewegungen aus. »Gib mir die Pistole.«

Emma blickte ihren Bruder an. In ihrem Gesicht war keine Regung zu erkennen. Kevin wiederholte seine Aufforderung.

»Und wenn ich sie gar nicht mehr habe?«, fragte sie. Emma Hauser legte ihren Kopf aufreizend in den Nacken.

Ihr Bruder starrte sie stumm an. Seine Lippen bildeten einen weißen Strich.

»Du warst bei Lackmann«, stieß er schließlich hervor. »Was hast du da gemacht?«

»Was schon? Ich habe mich mit ihm unterhalten.«

»Worüber?« In Kevins Gesicht arbeitete es. Er war kurz davor, seine Schwester anzugehen.

»Ich hab denen gesagt, dass ich es weiß. Dass mindestens einer von ihnen ein Mörder ist.«

Kevin Hauser legte seine Stirn in Falten. »Und was hat er gesagt?«

»Lackmann? Er hat es zumindest nicht abgestritten.«

Der junge Mann begann an seiner Unterlippe zu nagen. Er hatte seine Hände in seine Hüften gestemmt. Sein Blick wanderte für einen kurzen Moment unruhig hin und her. Dann streckte er erneut die rechte Hand vor.

»Die Waffe«, sagte er. »Gib sie mir.«

Sie lachte, wurde aber gleich darauf wieder ernst, als sie dem Blick ihres Bruders begegnete. »Ey, Kevin, jetzt entspann dich mal, okay? Wir sind hier nicht mehr im Sandkasten.«

Er schäumte vor Wut, deutete zur Mauer des Grundstücks hinüber, hinter der der Mann wohnte, den er so sehr zu hassen schien.

»Da wohnt der Scheißkerl, der Mama auf dem Gewissen hat!«

Emma ließ sich von ihm nicht beeindrucken. Sie trat einen Schritt näher. »Bist du dir da wirklich so sicher?«

»Er hat sie hierhergelockt, mit seinem Geld, mit seinem Besitz, mit … mit allem. Er hat sie uns weggenommen. Er hat sie auf dem Gewissen.«

Sie schüttelte langsam den Kopf, ohne ihren Blick von ihm abzuwenden. »Und was ist mit ihrem freien Willen? Denkst du vielleicht, dass er sie dazu gezwungen hat, dieses Doppelleben zu führen? Sie hat sich ihm verkauft, sich ihm hingegeben wie eine dreckige Nutte.«

Kevin schnaufte. Sein Gesicht war rot angelaufen, und für einen Moment schien es, als kämpfte er mit seinen Tränen.

»Und wie nennst du das, was du machst? Denkst du, ich habe nicht mitbekommen, wie Mama dich für dein Schweigen bezahlt hat?«

»Na und?« Emma zuckte mit den Schultern. Ihre Lederjacke knirschte leise dabei.

Er deutete wieder zur Mauer hinüber. »Ich wette, du hast dich da drinnen gerade genauso verkauft. Und damit wärst du kein Stück besser als sie.«

»Das ist was anderes«, sagte Emma leise. »Ich brauche einfach nur ein bisschen Kohle, um endlich abhauen zu können.«

»Was?« Seine Augen waren groß geworden. Kevin trat vor seiner Schwester von einem Bein auf das andere.

Jetzt war sie es, die mit ihren Gefühlen zu kämpfen hatte, was für Kevin eine neue Seite an seiner Schwester war. Bisher hatte er immer angenommen, dass Emma zu nichts Derartigem fähig war.

»Denkst du vielleicht, dass ich es auch nur einen Moment länger als nötig zu Hause aushalte? Mit einem Weichei als Vater? Einem, der sich alles gefallen lässt und sich nie zur Wehr setzt? Und einem Bruder, der …«

»Was?«, fuhr er energisch dazwischen.

»Nichts.« Sie drehte ihren Kopf zur Seite, blickte zu Boden.

Für ein paar Sekunden herrschte Stille zwischen den beiden Geschwistern.

»Ich bin nicht wie Papa«, sagte Kevin schließlich gefährlich leise. »Mit mir geht keiner so um. Und wenn er schon nicht in der Lage ist, sich zu wehren … dann werde ich es eben tun.« Wieder streckte er fordernd die Hand aus.

Emma Hauser sah ihn an. Lange forschte ihr Blick in seinem Gesicht. Irgendwann nickte sie.

»Ich mach dir einen Vorschlag.«

»Ich höre!«

»Ich hab von denen da drinnen Geld verlangt. Dreitausend Euro in bar.«

»Ich will das scheiß Geld nicht«, platzte es sofort aus Kevin heraus.

Sie schüttelte den Kopf. »Hör doch erstmal zu. Ich hab denen gesagt, dass ich weiß, dass einer von ihnen ein Mörder ist. Und ich hab denen klargemacht, dass ich nicht lockerlassen werde. Und wenn du mich fragst … die werden spuren und die Kohle lockermachen.«

»Und weiter?«

Emma rollte mit den Augen. »Mensch, überleg doch mal. Einer von denen wird sich angesprochen fühlen. Einer von denen wird die Kohle besorgen und sie in nicht mal mehr zwei Stunden zur Aussichtsdüne bringen. Und derjenige, der das Geld an dem vereinbarten Ort ablegt, ist der Mörder.«

»Scheiße«, flüsterte Kevin Hauser. Er fasste sich an die Stirn, sein Atem ging eine Spur schneller. »Du hast recht«, sagte er. »Du hast verdammt nochmal recht. Das hast du … ganz schön clever hingekriegt.«

Emma Hauser zeigte sich wenig beeindruckt. »Mir liegt nichts an Mama. Es geht mir nur um die Kohle. Weil ich nämlich ab jetzt nur noch an mich denke. Aber das musst du nicht verstehen.«

»Deine Meinung«, antwortete ihr Bruder. »Aber dann respektiere du auch meine.« Ein letztes Mal streckte er die Hand nach seiner Schwester aus.

Emma blickte ihn an. Langsam fuhren ihre Finger unter ihre Jacke und zogen die Waffe heraus.

Kevins Augen weiteten sich unmerklich, als er den kalten Stahl der Pistole in seiner Hand spürte.

## Kapitel 18

Hinrich Mattern und Wiebke Eden traten näher, in das Zimmer hinein. Vorsichtig, als würden sie sich auf ein angefahrenes Reh zubewegen.

Die junge Frau musterte die beiden Beamten scheu. Sie hielt ihren Kopf leicht gesenkt.

Das Zimmer bot kaum Platz für ein Bett, einen schmalen Wandschrank und eine Kommode neben der Tür. Das Fenster war geöffnet. Aus der Ferne drangen die Geräusche der Insel herüber: die Brandung, das Gekreische einiger Möwen über dem Wasser und Stimmen, wenn sie sich der Straße näherten. Über allem wehte ein leichter Wind, der hin und wieder die Gardine über der Fensterbank aufbauschte.

»Ihr Name ist Sylvie«, erklärte Bense, nachdem er seine Stimme leise freigeräuspert hatte. »Sylvie Latour. Sie stammt aus Vichy. Das liegt in Frankreich.«

Matterns Blick wechselte zwischen Bense und der dunkelhaarigen Frau hin und her. Die Französin trug eine hellblaue Jeans und eine Bluse mit weiten Ärmeln, die halb in der Hose steckte, die andere Hälfte überlappte den breiten ledernen Gürtel.

Ihr Haar wirkte im Sonnenlicht glänzend und seidig weich. Im Zimmer lag ein zarter Duft, der von ihr ausging.

Sie hatte makellose Gesichtshaut und dunkle, volle Lippen. Dazu sorgsam gezupfte Brauen, die im Vergleich zu anderen Frauen breit und ausgeprägt wirkten.

»Was tut diese Frau bei Ihnen?«, wollte Mattern wissen. Es schien, als hätte er Schwierigkeiten, seinen Blick von ihrer exotisch anmutenden Gestalt zu lösen.

»Sylvie ist vor zwei Jahren nach Deutschland gekommen. Nach Wilhelmshaven. Zu einem Schüleraustausch.«

Bense legte eine Pause ein. Er tauschte einen kurzen Blick mit der jungen Frau, der den beiden Beamten nicht entging.

»Und weiter?«, hakte Wiebke Eden nach.

Bense schien von der Frage peinlich berührt. »Nun ja, sie … sie ist nie zurück nach Frankreich gegangen.«

»Sie ist ausgerissen?«

Der Hausherr zeigte ein schiefes Lächeln. »Ja. Gewissermaßen. Sie hat die Schule abgebrochen und ist hiergeblieben. In Wilhelmshaven, meine ich. Dort hatte sie eine kurze Affäre. Das ist aber schnell in die Grütze gegangen. Auf Umwegen ist sie dann hier auf der Insel gelandet. Sie suchte eine Bleibe.«

»Auf Spiekeroog?«, fragte Mattern ungläubig.

Bense breitete die Hände aus. »Sehen Sie mich nicht so an. So war es nun mal. Sie ist … ein Heimkind gewesen, und sie wollte auf keinen Fall zurück. Inzwischen ist sie volljährig und entscheidet selbst über ihr Leben. Sie ist hier gemeldet, und ich habe ihr vor drei Monaten dieses Zimmer vermietet. Sie arbeitet seitdem als Reinigungskraft auf Spiekeroog.«

»Das ist ja alles schön und gut«, wetterte Mattern, »aber ich sehe im Augenblick nicht, was Sie uns damit eigentlich sagen wollen.«

»Es gibt eine Verbindung, richtig?«, kam Wiebke dem Vermieter zuvor. »Und zwar zwischen Sylvie und der Toten, die Sie beide vermutlich unter dem Namen Rena Heitkamp kennen.«

Bei der Erwähnung des Namens ging ein Ruck durch die junge Frau. Sie hatte den Kopf angehoben und blickte die Kommissarin an.

Wiebke ging einen Schritt auf sie zu. »Sprechen Sie unsere Sprache? Verstehen Sie, was ich sage?«

»Oui, Madame. Ich verstehe Sie.«

Die Stimme der Dunkelhaarigen war tief und rauchig. Sie konnte ihren französischen Akzent nicht verbergen und versuchte es daher offenbar auch gar nicht erst.

»Die Frau im Kino … das waren Sie?«, hakte Wiebke nach.

Sylvie nickte.

»Gut. Ich hätte gerne, dass Sie uns Ihre Geschichte erzählen. Was wissen Sie über Rena Heitkamp und was wusste die Frau über Sie?«

Sylvie Latour tauschte einen kurzen Blick mit ihrem Vermieter.

Bense hob beschwichtigend die Hände. »Es ist in Ordnung, Sylvie. Sie sollten der Polizei alles erzählen, was Sie wissen.«

»Das finde ich auch, verflixt nochmal«, murmelte Mattern.

Wiebke hätte ihm am liebsten einen Stoß mit dem Ellenbogen versetzt. Sie konnte sich im letzten Augenblick bremsen.

Sylvie Latour drehte sich um, ging ein paar Schritte durch das Zimmer, bis zu ihrem Bett, bis zu dem kleinen Nachttisch, auf dem sich das gerahmte Foto von zwei jungen Frauen befand. Die eine von ihnen war Sylvie, wenn auch drei oder vier Jahre jünger. Sie hatte seitdem eine deutliche Veränderung erfahren. Auf der Fotografie stand sie mit einer Gleichaltrigen Arm in Arm vor dem Ufer eines Flusses, vielleicht der Seine. Hinter ihnen befanden sich zwei steinerne Poller, die durch eine dicke schwarze Ankerkette verbunden waren. Sylvie und die Rothaarige hatten je einen Fuß darauf gesetzt und blickten lachend in die Kamera.

Sylvie war vor dieser Aufnahme stehen geblieben und kehrte den anderen den Rücken zu. Sie verharrte mehrere Sekunden in dieser Position. Als sie sich wieder umdrehte, hatte ihr Gesicht einen anderen, einen nahezu verhärmten Ausdruck angenommen.

Die junge Frau wandte sich automatisch an Wiebke, als sie zu erzählen begann.

»Es ist unwichtig, warum ich hierhergekommen bin. Und es ist auch unwichtig, was ich hier tue. Ich weiß, dass es nicht für immer sein wird. Was wichtig ist … was passiert ist …« Sie stockte, suchte offensichtlich nach den richtigen Worten, um das auszudrücken, was ihr auf der Seele brannte.

Wiebke Eden nickte ihr sanft zu.

Die junge Französin erwiderte diese Geste.

»Es war eines Abends, als ich auf dem Nachhauseweg war. Hier auf der Insel. Ich wollte gerade in diese Straße einbiegen, als ich plötzlich … nach hinten gezogen wurde. Ich spürte etwas auf meinem Mund, auf meinen Lippen. Ich konnte plötzlich nicht mehr atmen. Jemand war hinter mir, zog mich von der Straße weg. Ich habe versucht … mich zu wehren …

aber …« Der hilflose Blick der jungen Frau blieb auf der Kommissarin haften.

Wiebke Eden blickte sich zu den beiden Männern um. »Vielleicht wäre es gut, wenn Sie beide einen Moment rausgehen. Ich denke, es ist besser, wenn ich mich allein darum kümmere.«

»Aber …«, setzte Mattern an. Gleichzeitig entstand eine breite Falte auf seiner Stirn. Er winkte ab und schob Bense auf den Flur hinaus.

Die beiden Männer schlossen die Tür hinter sich.

»Kommen Sie«, sagte Wiebke und deutete auf das gemachte Bett. »Setzen Sie sich hierher.«

Sie nahm Sylvie Latour bei der Hand. Beide nahmen sie gleichzeitig auf der Bettkante Platz.

»Besser?«, fragte die Kommissarin vorsichtig.

Sylvie nickte. Sie strich sich eine Haarsträhne aus der Stirn und schniefte einmal leise, weil sie mit den Tränen kämpfte.

Wiebke Eden ließ der anderen die Zeit, die sie brauchte. Sie ahnte, was kommen würde, und sie empfand bereits jetzt ein tiefes Mitgefühl mit der jungen Frau.

»Ich kann nicht genau sagen, was passiert ist«, flüsterte die Französin nach einer Weile. »Ich muss … bewusstlos gewesen sein.« Sie sah Wiebke an und deutete dann auf ihr eigenes Gesicht. Ihre Lippen, ihren Mund.

*Chloroform*, dachte Wiebke.

»Ich bin in einem Gebüsch wieder zu mir gekommen«, fuhr Sylvie Latour leise fort. »Es war bereits dunkel. Alles, woran ich mich erinnere, ist die Hand, die sich mir auf den Mund gepresst hat. Es war die linke Hand eines Mannes.«

»Die linke Hand«, wiederholte Wiebke. »Er hat eine Armbanduhr getragen?«

Sylvie nickte.

»Sie kennen den Mann?«

»Nein.«

»Sie würden aber die Armbanduhr wiedererkennen?«

»Ja«, antwortete die andere, ohne zu zögern.

»Dieser Mann«, fuhr die Kommissarin zögernd fort, »hat er sie vergewaltigt?«

»Nein«, antwortete sie leise. »Ich glaube, dass er es vorhatte, aber … er ist nicht mehr dazu gekommen. Eine … eine Frau kam dazu und … sie sagte mir später, er sei weggelaufen, als er ihre Schritte gehört hat.«

»Und diese Frau war Rena Heitkamp«, sagte Wiebke in die Stille des Zimmers hinein.

Sylvie nickte.

»Ich fange langsam an, zu verstehen«, sagte die Kommissarin. Sie setzte sich leicht schräg, sodass sie der jungen Frau in die Augen sehen konnte.

»Hat Frau Heitkamp den Mann erkannt?«

Die Französin hob die Schultern und ließ sie kurz darauf wieder sinken. »Ich weiß es nicht. Ich erinnere mich, wie sie mir aufgeholfen hat. Sie hat mich hierher ins Haus gebracht. Herr Bense war ganz außer sich. Er hat sich große Vorwürfe gemacht.«

»Vergessen Sie mal einen Augenblick Ihren Vermieter. Was war mit Frau Heitkamp? Wie hat sie auf die Situation reagiert?«

»Sie hat mir dieselben Fragen gestellt wie Sie. Ich … anfangs war ich viel zu verwirrt, um zu antworten. Aber am nächsten Tag war sie noch einmal da, um sich nach mir zu erkundigen. Und da fiel mir die Sache mit der Armbanduhr ein.«

»Sehr gut«, sagte Wiebke. »Und was ist dann passiert?«

Sylvie Latour holte tief Atem, so als wolle sie sich auf den Endspurt vorbereiten. »Sie fragte mich, ob ich zur Polizei gehen wolle. Ich sagte nein. Ich sagte … ich habe Angst und es ist … es ist nichts passiert. Der Mann ist nicht … er ist nicht bis zum Äußersten gegangen.«

»Er hat Sie angegriffen«, antwortete Wiebke. »Er hat Sie betäubt und versucht, Sie zu vergewaltigen!«

»Ich weiß.« Die Französin ließ Kopf und Schultern hängen. Zwei Tränen klatschten auf ihre Hosenbeine und hinterließen dort dunkle, kreisrunde Flecken.

»Ich hatte Angst«, wiederholte sie. »Angst davor, dass er nicht bestraft werden würde. Dass man mir nicht glauben würde. Und dass er … dass er zurückkommen könnte.«

Wiebke legte der anderen ihren Arm um die Schultern. »Ich verstehe Sie gut, glauben Sie mir. Viele, die an Ihrer Stelle gewesen wären, hätten genauso reagiert.«

»Madame Heitkamp hat mich auch verstanden. Sie hat gesagt, sie würde mich auch nicht mehr nach diesem Mann fragen. Sie … sie wollte sich selbst um die Sache kümmern.«

»Das hat sie Ihnen gesagt, als Sie sich an dem besagten Abend im Inselkino verabredet hatten?«

Sylvie nickte.

»Hatten Sie den Eindruck, dass Frau Heitkamp gewusst haben könnte, wer der Mann war?«

Wiederum nickte die andere.

»Aber sie hat Ihnen den Namen nicht verraten?«

Sylvie Latour sah auf. Tränen rannen über ihr Gesicht. »Non, Madame. Non!«

»Schon gut«, sagte die Inselpolizistin. Sie drückte die andere sanft an der Schulter. »Es ist gut, dass Sie mir alles erzählt haben. Sie haben das Richtige getan.«

Die Französin setzte sich aufrecht, wischte ihre Tränen weg. »Glauben Sie wirklich, Madame? Wenn ich nicht geredet hätte, dann wäre Madame Heitkamp sicher noch am Leben.«

Wiebke war schockiert. Auf diese Ansicht war sie nicht vorbereitet. Sie schüttelte sanft den Kopf und erhob sich langsam. Wiebke blickte lange auf die Fotografie auf dem Nachttisch.

»Es ist niemals richtig, das Böse zu verschweigen. Weil Sie es damit nur noch stärker machen.«

## Kapitel 19

Im Westen hatte es zu grollen begonnen. Eine dunkle Wolkenfront war über der Nordsee aufgezogen, von Großbritannien her kommend würde sie in wenigen Minuten die Ostfriesischen Inseln erreicht haben.

Der Wind hatte aufgefrischt. Es war nur eine Frage der Zeit, wann er die ersten schweren Regentropfen mit sich bringen würde.

In der Inselvilla war keine Ruhe eingekehrt. Ruth Falsung, die sich gelegentlich auch als Köchin verdingte, hatte die Männer gefragt, ob sie ein Mittagessen vorbereiten sollte. Beide hatten abgelehnt.

Auch sie selbst verspürte keinen Hunger. Im Gegenteil, die Aufregungen waren ihr auf den Magen geschlagen. Hinzu kam, dass sie sich in diesem Haus mehr und mehr unwohl zu fühlen begann. Ihr Koffer lag noch immer gepackt auf ihrem Bett. Was hinderte sie also daran, die Villa und die Insel zu verlassen und möglicherweise allem für immer den Rücken zu kehren?

Sie brauchte eine Tablette für ihren Magen. Und vielleicht eine Tasse Kamillentee. Beides würde sie in der Küche finden.

Inzwischen war der Himmel bezogen, der Hausflur so dunkel, dass sie beinahe versucht war, das Licht einzuschalten.

Auf der Schwelle blieb sie wie erstarrt stehen.

Mitten in der Küche stand ein Fremder. Er drehte sich in dem Augenblick zu ihr um, in dem er ihre Schritte gehört hatte.

Ruth Falsung stieß einen spitzen Schrei aus.

Der Mann sah sie aus unterlaufenen, traurigen Augen an. Seine Haltung war schlaff, kraftlos. Vornübergebeugt stand er da, seine Lippen bebten.

»Mein Name ist Hauser«, sagte er leise. Seinen Worten fehlte jegliche Betonung. »Ich muss mit Herrn Lackmann sprechen.«

Die Haushälterin stieß einen trockenen, heiseren Laut aus, wirbelte auf der Stelle herum und lief direkt ihrem Arbeitgeber in die Arme.

»Was ist denn hier los?«, rief Lackmann. »Ich habe …« Da erst fiel sein Blick auf den Mann in der Küche.

Sie waren sich noch nie begegnet und doch wussten beide, mit wem sie es zu tun hatten.

»Herr Hauser«, stöhnte Lackmann. Er schob Ruth Falsung beiseite, als sei sie ein in die Quere geratenes Möbelstück. Langsam trat er auf den anderen zu.

Hauser machte keine Anstalten, sich zu rühren. Stumm blickte er dem anderen entgegen.

Schritte hallten durch den Flur. In der nächsten Sekunde tauchten die Umrisse von Michael Falsung in der Tür auf.

Auch er sagte nichts. Sein Blick wanderte zwischen den beiden Männern hin und her. Seine Mutter schien indes zu Luft geworden zu sein.

Ruth Falsung wich in den Hintergrund zurück, bis sie mit dem Rücken gegen die Arbeitsplatte der Küche stieß.

»Was wollen Sie hier?«

Lackmann war der Erste, der seine Stimme wiedergefunden hatte. Er fixierte den Besucher mit einem argwöhnischen Blick. Lackmanns ganze Haltung verriet Anspannung, äußerste Vorsicht. Jederzeit rechnete er damit, dass der Mann in der Küche die Beherrschung verlieren und ähnlich seiner Tochter eine Waffe ziehen würde.

Hauser tat nichts von alledem. Er blickte sehnsüchtig zum Küchentisch hinüber, hinter dem sich eine rustikale Sitzbank befand.

»Darf ich?«

Lackmann zuckte beim Klang der Stimme zusammen. Es war, als hätte ein stöhnender Laut den Brustkorb eines uralten Mannes verlassen.

»Bitte«, antwortete er, ein wenig unbeholfen und deutete zur Bank hinüber, »setzen Sie sich.«

Er blickte sich um. »Vielleicht ist Frau Falsung so nett, uns etwas zu trinken zu bringen. Nicht wahr, Ruth? Wenn Sie wohl bitte …«

Die Angesprochene nickte. Mit fahrigen Bewegungen werkelte sie in der Küche umher, während sich die drei Männer gleichzeitig am Tisch niederließen.

Hauser hatte beide Hände auf die Tischplatte gelegt, auf die er mit leerem Blick starrte. Er wirkte, als hätte er eine enorme Anstrengung hinter sich, was durchaus stimmen mochte.

Langsam hob er den Kopf, suchte Lackmanns Blick.

»Ich befürchte, ich habe etwas Schlimmes angerichtet.«

»Wovon sprechen Sie?«, fragte Lackmann. Sein Blick flackerte. »Falls Sie Ihre Kinder meinen …«

Hausers Augen weiteten sich. »Meine Kinder? Was ist mit ihnen? Sind sie hier gewesen?«

Ruth Falsung näherte sich mit einem kleinen Tablett. Nacheinander stellte sie ungefragt drei kleine Gläser mit Friesengeist auf den Tisch.

»Ihre Tochter Emma war hier«, antwortete Lackmann. Er sah zur Wanduhr hinüber. »Vor etwa einer Stunde.«

»Was hat sie gesagt? Wo … wo steckt sie?« Als keiner der beiden Männer sofort antwortete, beugte sich Hauser über den Tisch. Sein Blick bekam etwas Flehendes.

»Bitte, ich muss es wissen! Ich … ich habe einen Fehler begangen, der sich vielleicht noch gutmachen lässt, wenn ich die beiden finde.«

Lackmann und Falsung tauschten einen Blick miteinander, während sich Ruth wieder zurückgezogen hatte. Sie lehnte an der Arbeitsfläche und beobachtete die Männer.

»Wie gesagt, Emma war hier. Und falls Sie auf die Pistole anspielen, die hatte sie bei sich.«

»Sie hat uns damit bedroht«, ergänzte Falsung.

»Oh Gott«, entfuhr es Hauser. Sein Blick irrte zwischen den Anwesenden hin und her. »Sie hat doch nichts … ich meine, es ist doch niemand verletzt worden?«

Lackmann starrte auf sein volles Glas und schüttelte den Kopf dabei. »Ich glaube, Ihre Tochter weiß gar nicht, wie man mit so einem Ding umgeht. Sie hatte die Pistole noch nicht mal entsichert. Trotzdem hat sie uns allen einen gehörigen Schrecken damit eingejagt.«

Hauser ließ den Kopf wieder sinken. »Das ist alles meine Schuld. Ich habe das verdammte Ding angeschleppt, weil ich … ich wollte es Ihnen heimzahlen, verstehen Sie das?«

Lackmann streckte seine Hand nach Hauser aus. Sie verharrte einen Moment in der Luft. Dann ließ er sie langsam auf den Unterarm seines Gastes sinken.

»Ich kann Sie vollkommen verstehen. Wie es scheint, hat Rena … Ihre Frau … uns allen etwas vorgemacht. Ich schwöre Ihnen, ich hatte keine Ahnung, dass sie verheiratet war.«

Hauser hob abwehrend die Hände. »Bitte, ich … möchte davon nichts mehr hören. Je eher wir uns alle damit abfinden, dass es vorbei ist, desto besser.«

Es herrschte eine kurze Pause.

»Sie sind nach Spiekeroog gekommen, um mit mir abzurechnen«, nahm Lackmann das Gespräch wieder auf. »Und jetzt haben Sie es sich offenbar anders überlegt. Woher rührt der plötzliche Sinneswandel?«

Hauser musste nicht lange überlegen. Er befeuchtete seine Lippen mit der Zungenspitze. »Ich habe erkannt, dass meine Kinder alles sind, was mir noch geblieben ist. Ich habe eine Verantwortung für die beiden. Und vielleicht … wenn ich sie rechtzeitig finde, bevor sie eine Dummheit begehen, ist es noch nicht zu spät.«

Lackmann wirkte erleichtert. Wieder ein kurzer Blick zu Falsung hinüber. Dem schien es ähnlich zu gehen.

»Wissen Sie, wo Emma hingegangen ist?«, fragte Hauser. »Sie und ihr Bruder haben sich nach Anlegen der Fähre sofort von mir abgesetzt. Ich habe überall nach ihnen gesucht, aber …«

»Wenn jemand auf Spiekeroog nicht will, dass er gefunden wird, dann finden Sie ihn auch nicht«, antwortete Lackmann. Er nahm seine Hand von Hausers Arm und hob sein Glas an.

»Trinken wir erstmal. Ich glaube, den können wir im Moment alle vertragen.«

Die beiden anderen hoben ebenfalls ihre Gläser an. Es wurde nicht angestoßen, nicht einmal andeutungsweise. Niemand sagte einen Trinkspruch.

Der Schnaps rann die Kehlen der Männer hinunter. Hauser schüttelte sich.

»Wo ist Emma?«, fragte er, während er die beiden anderen abwechselnd ansah. »Wo sind meine Kinder?«

»Emma hat versucht, uns zu erpressen«, erklärte Falsung. »Sie hält einen von uns für den Mörder Ihrer Frau. Sie wartet an der Aussichtsdüne darauf, dass ihr jemand dreitausend Euro bringt. Und zwar in dieser Tüte.«

Falsung griff hinter sich und ließ die braune Papiertüte auf den Tisch segeln. Hauser starrte darauf, als sei sie geradewegs von einem fremden Stern heruntergefallen.

»Sie hat sie erpresst«, wiederholte er leise. Ein müdes Lächeln huschte über sein Gesicht und verschwand sofort wieder.

»Geben Sie mir die Tüte«, schob er hinterher. »Ich werde gehen.«

Draußen brach der Regen los. Er kam plötzlich. Das Trommeln auf dem Dach erzeugte einen dumpfen Hall im Haus. Draußen im Pool geriet das Wasser in Bewegung, als würde es brodeln.

»Es wäre sicher gut, wenn Sie Ihre Kleine zur Vernunft bringen«, sagte Lackmann, nachdem er sein leeres Glas auf den Tisch gestellt hatte.

Hauser nickte. »Das werde ich. Sie können sich darauf verlassen.« Er griff nach der leeren Papiertüte und knüllte sie in seine Tasche. Er blinzelte.

»Wo genau muss ich hin?«

Lackmann blickte auf seine Armbanduhr. »Sie erwartet den Boten um Punkt zwölf Uhr beim Utkieker an der Aussichtsdüne.«

»Diese … Skulptur, ja?«

Lackmann nickte. »Dort in der Nähe befindet sich ein Abfallbehälter. Sie verlangt, dass die Tüte mit dem Geld dort eingeworfen wird.«

»Ich kümmere mich darum«, sagte Hauser leise. Sofort danach erhob er sich mit einer unsicheren Bewegung von der Küchenbank. Er wandte sich an Lackmann.

»Entschuldigen Sie bitte. Ich hätte da beinahe etwas sehr Dummes getan.«

»Schon gut.« Der Hausherr wirkte erleichtert. »Wir alle standen unter enormen Anspannungen und tun es sicher noch. Warum unterhalten wir uns nicht mal in Ruhe über diese ganze Angelegenheit? Ich meine später, wenn alles vorbei ist.«

»Ja, sicher«, antwortete Hauser, aber es wurde deutlich, dass er gar nicht richtig zugehört hatte, mit seinen Gedanken bereits ganz woanders war.

Ein Blitz zuckte über den Himmel. Fast gleichzeitig war ein ohrenbetäubender Donnerschlag zu hören.

Der Regen hing wie ein dichter Vorhang über der Insel.

Hauser blickte die beiden Männer nacheinander an. Er verabschiedete sich nicht. Er sagte kein Wort.

An dem Durchgang zum Flur wurde er von Ruth Falsung abgefangen, die ihm einen dunkelgrünen Regenponcho hinhielt.

»Hier. Nehmen Sie das, wenn Sie schon unbedingt da rausgehen wollen. Er gehört meinem Sohn.« Sie wandte ihren Kopf in Falsungs Richtung. »Du hast doch nichts dagegen?«

Der Angesprochene schüttelte den Kopf und sah Hauser aufmunternd an. »Es ist in Ordnung. Sie können ihn behalten.«

Irgendwo im Hintergrund begann ein Telefon zu klingeln. Niemand schenkte dem Geräusch Beachtung.

Hauser nahm das Kleidungsstück wortlos entgegen, knüllte es in seine rechte Hand. Damit wandte er sich zur Tür.

Bevor er in den Flur trat, drehte er sich noch einmal zu den anderen um.

»Es ist mir egal, wer es getan hat und ob die Wahrheit jemals ans Licht gerät. Wer es auch gewesen ist, muss diese Sache ganz allein mit seinem Gewissen ausmachen.«

Damit verließ er die Villa und trat in den tosenden Regen hinaus.

## Kapitel 20

Der Wolkenbruch hatte die schmale Straße im Nu überschwemmt und bildete rasch knöcheltiefe Pfützen. Eine trübe Brühe, schaumig und sandig, zog an den beiden Inselkommissaren vorbei, die sich bei einem offenen Fahrradschuppen untergestellt hatten.

Über eine halbhohe Hecke hinweg, deren Blätter vom starken Westwind durch die Luft gewirbelt wurden, hatten sie eine gute Sicht zum schräg gegenüberliegenden Grundstück, auf dem sich Lackmanns Villa befand.

Eden und Mattern betrachteten aus der Ferne, wie die Regentropfen auf das Dach prasselten, wo sie Millionen kleiner Fontänen erzeugten.

Aus den Augenwinkeln heraus registrierte Wiebke Eden, wie ihr Kollege nacheinander die unzähligen Taschen seiner Weste abklopfte.

»Alles in Ordnung bei Ihnen?«

Mattern blickte irritiert und ließ seine Hände sinken. »Hab jahrzehntelang geraucht«, antwortete er. »Manchmal überkommt es mich immer noch, dass ich nach einer angebrochenen Packung suche. Besonders bei einem Wetter wie diesem. Sie haben garantiert nie geraucht, was?«

»Nein«, antwortete sie.

»Nicht mal einen Joint? Als Sie jünger waren?«

»Ich bin jung«, konterte sie. »Wann soll ich das also gemacht haben … mit dreizehn?«

»Ich hab mit zehn angefangen«, brummte er. Dann zuckte er mit den Schultern. »Sehen Sie mich nicht so an. Ich bin nicht stolz drauf. Bin froh, dass ich endlich von dem Zeug losgekommen bin. Lange genug hat's gedauert.«

»Wie kommt es, dass Sie heute so melancholisch sind?«, fragte Wiebke.

»Keine Ahnung. Bei dem Wetter werde ich leicht melancholisch.«

Sie hatten zu Lackmanns Haus gehen wollen, als der Regenguss eingesetzt hatte. Ausschlaggebend war gewesen, dass in der Villa niemand ans Telefon gegangen war.

»Ich fürchte, wir können es uns nicht erlauben, noch länger zu warten«, mahnte Wiebke. Sie wollte noch etwas hinzufügen, doch dazu kam sie nicht mehr.

Die Gartenpforte wurde von der Grundstücksseite aufgerissen, und ein Mann trat auf die Straße hinaus. Er trug einen grünen Regenponcho und hielt seinen Kopf gegen den Regen gesenkt. Es schien ihn nicht zu kümmern, dass die Pforte hinter ihm offen blieb und im Wind hin und her schlug.

»Wer zum Teufel ist das?«, fragte Mattern, der die Gestalt im selben Moment wie Wiebke entdeckt hatte. »Lackmann?«

»Das ist nie und nimmer Lackmann«, antwortete die Kommissarin. »Der ist größer und hat einen ganz anderen Gang. Ich vermute eher, dass es …«

»Hauser«, platzte Mattern dazwischen. »Na klar, das ist Hauser.«

Wiebke blickte dem Mann nach, der gerade die Ecke der Grundstücksmauer und damit das Ende der Straße erreicht hatte. »Er scheint es ziemlich eilig zu haben.«

»Das gefällt mir nicht«, sagte Mattern. »Besser, ich sehe mir an, was er vorhat.«

»Und ich?« Sie sah ihn ein wenig irritiert an.

»Gehen Sie rüber zu Lackmann. Sehen Sie nach, was los ist und was Hauser da gewollt hat. Ich bin so schnell wie möglich wieder zurück.«

Damit setzte sich Hauptkommissar Hinrich Mattern in Bewegung. In Sekundenschnelle war er vom Regen durchnässt. Hart und kalt schlug es ihm ins Gesicht.

Die Gestalt im Regenponcho – Stefan Hauser – war nach rechts weggetaucht, hatte den Weg verlassen und verschwand in diesem Augenblick zwischen zwei Häusern.

Mattern stieß einen leisen Fluch aus. Hauser schien es tatsächlich eilig zu haben. Er rannte.

Ob er etwas bemerkt hatte?

Nein, dachte Mattern. Das war unmöglich. Etwas anderes schien Hauser anzutreiben. Etwas, das keinen Aufschub duldete. Seine Kinder vielleicht. Die zweite Möglichkeit gefiel Mattern weitaus weniger. Es war ihm bis jetzt nicht in den Sinn gekommen, dass Hauser möglicherweise auf der Flucht sein könnte.

Der Hauptkommissar dachte an seine junge Kollegin, die jetzt vermutlich bereits in Lackmanns Villa war.

Er beeilte sich, beschleunigte noch einmal seine Schritte. Für einen Moment befürchtete er, Hauser aus den Augen verloren zu haben.

Dann jedoch tauchte hinter dem Inselbad eine dunkle Gestalt auf, die mit schnellen Schritten in nordöstlicher Richtung unterwegs war. Hauser war auf einen Weg eingebogen, der als *Noordertün* gekennzeichnet war und direkt in die Dünenlandschaft von Spiekeroog führte.

Was um alles in der Welt hatte der Mann vor?

***

»Und wenn er nicht kommt?«

Kevin Hauser wischte sich die Nässe aus dem Gesicht. Sein strohblondes Haar klebte ihm am Kopf.

»Er kommt«, antwortete Emma. »Kannst dich drauf verlassen.« Sie hatte sich einen Streifen Kaugummi in den Mund geschoben und das Papier achtlos zur Seite geworfen. Der Wind hatte es längst erfasst und weitergetragen.

»Was macht dich da so sicher?«

Sie hockten platt am Boden, am steilen Hang der Düne. Hoch über ihnen thronte auf seinem Sockel der *Utkieker*, eine 3,40 Meter große Bronzeskulptur, die mit hochgestreckten Armen auf das Meer hinausblickte.

Emma Hauser strich sich mit der Hand durch das nasse Haar, bis es ihr wie eine zweite Haut am Kopf anlag. »Ich weiß, dass es ein Kerl gewesen sein muss. Und dass er auf Spiekeroog lebt oder sich wenigstens häufiger hier aufhält.«

Er kniff die Augen zusammen, blinzelte das Wasser weg. »Woher weißt du das alles? Von Mama? Hat sie es dir erzählt?«

Sie warf ihren Kopf in den Nacken, rollte mit den Augen. »Oh Mann, ey, kann dir das nicht egal sein? Ich weiß es eben, okay?«

Kevin Hauser schniefte. Er hatte seine Beine angezogen und umschloss die Knie mit seinen Armen. Sein Gesicht glänzte. Feuchtigkeit rann daran herab, die nicht ausschließlich aus Regen bestand.

»Ich hab mir oft gewünscht, sie hätte auch mit mir über all diese Sachen gesprochen.«

Emma Hauser hielt kurz mit dem Kaugummikauen inne. »Hättst sie eben drauf ansprechen müssen. So wie ich.«

»Ich bin aber nicht wie du«, antwortete er. »Und ich hätte nie versucht, sie …«

»Was?« Ihre Augen funkelten ihn von der Seite an.

»Nichts«, sagte er. Kevin wandte seinen Blick zur Seite. Er versuchte, zu vergessen. Den Schmerz beiseitezudrängen, nur für einen Moment. Er wollte den Zustand wieder heraufbeschwören, in dem seine größte Sorge die war, dass die Pistole unter seiner Kleidung nass wurde.

***

Der Weg ging weiter. Vorbei an den Tennisplätzen, vorbei an dem Gelände der Freiwilligen Feuerwehr von Spiekeroog, immer weiter auf dem *Noordertün*, dessen Lage nun deutlich spürbar anstieg.

Hauser schien verbissen ein nur ihm bekanntes Ziel zu verfolgen. Zielstrebig. Nicht ein einziges Mal hatte er sich umgeblickt. Er strauchelte nicht, kam nicht vom Weg ab, der stetig zur Aussichtsdüne hinaufführte.

Dahinter Mattern, in einem sicheren Abstand, gerade so weit entfernt, den anderen nicht aus den Augen zu verlieren.

Auf dem Weg begegnete ihnen keine Menschenseele. Jeder, der es hatte einrichten können, war dem Regen, der sich lange angekündigt hatte, entflohen.

Der Kommissar versuchte, sich die leergefegte Aussichtsplattform vorzustellen. Was konnte Hauser dort wollen, ausgerechnet bei diesem Wetter? Hatte er vor, jemanden zu treffen?

Mattern spürte, dass hier etwas ganz und gar nicht in Ordnung war. Mehrfach hatte er überlegt, Hauser einzuholen und ihn zu stellen. Doch damit lief er Gefahr, die Person zu verschrecken, die der Familienvater irgendwo dort oben zu treffen beabsichtigte.

Der Regen ging unvermindert nieder und erzeugte in dem dichten Dünenbewuchs ringsum prasselnde Geräusche.

Der *Utkieker* war bereits lange in Sicht. Noch wirkte er ein wenig verschwommen, durch die herabfallenden Wassermassen wie hinter einem Vorhang verborgen.

Das ungute Gefühl im Magen des Kommissars verstärkte sich. Da oben war niemand zu sehen. Dennoch zog es Hauser mit einer unbändigen Zielstrebigkeit dorthin.

Mattern hielt es nun plötzlich doch für eine gute Idee, seine Schritte zu beschleunigen.

***

Kevin Hauser fuhr mit einem heiseren Laut in die Höhe.

»Was hast du?«

»Ich dachte, ich hätte etwas gehört«, antwortete er und sank, fast ein wenig enttäuscht, in seine alte Position am Hang der Aussichtsdüne zurück. Er rieb sich den feuchten Sand auf seinen Handballen an seiner Kleidung ab.

Der Regen hatte etwas nachgelassen, wenn auch nur unmerklich. Noch immer strömte er bindfadengleich vom Himmel und erfüllte die Luft mit einem nahezu unheimlichen Rauschen.

Jetzt steckte auch Emma kurz ihren Kopf über die von Gräsern bewachsene Kante, die zum Sockel mit der Skulptur hinaufführte. Das Gelände dahinter war verlassen, vom quertreibenden Regen durchzogen, während der Himmel noch immer grau bewölkt war, mit wenig Hoffnung auf eine baldige Veränderung.

»Was hast du mit dem Geld vor?«, fragte Stefan, nachdem seine Schwester wieder neben ihm war. Ihre Schultern berührten sich leicht.

»Abhauen«, antwortete sie. »Hab ich doch schon gesagt.«

Er sah sie kurz von der Seite an, bevor er seinen Blick wieder ziellos nach vorne richtete. »Einfach so?«

Emma Hauser bearbeitete ihren Kaugummi mit energischen Bewegungen. »Keine Ahnung, ob es einfach wird. Wahrscheinlich nicht. Aber alles ist besser, als hierzubleiben und allmählich so zu werden wie unsere Eltern.« Sie nickte dabei, um ihren Worten mehr Ausdruck zu verleihen.

Kevin Hauser schien über ihre Worte nachzudenken. Er rieb sich den Nacken, wischte sich die Nässe vom Kragen.

»Du musst ja wissen, was du tust. Ich will jedenfalls nichts von dem Geld.«

Das Mädchen warf seinem Bruder einen kurzen Blick zu.

*Gut, dass wir das geklärt haben.*

Es vergingen weitere Minuten, in denen sie nichts taten, als stumm nebeneinander zu hocken und ins Leere zu starren, während sie nass bis auf die Haut wurden. Seltsamerweise schienen sie diesen Umstand kaum wahrzunehmen. Als würde sie etwas umgeben, was sie gegen äußere Einflüsse abschirmte.

Plötzlich mischte sich ein anderer, ein ungewohnter Laut in die Geräuschkulisse: Schritte.

Jemand näherte sich der Aussichtsplattform, und er gab sich dabei wenig Mühe, leise zu sein.

Die beiden Geschwister fuhren gleichzeitig aus ihrer Deckung hoch. Sie streckten ihre Köpfe über den oberen Rand der Düne.

Aufgeregt strich sich Kevin das nasse Haar aus der Stirn. Seine Augen weiteten sich, als er eine sich nähernde Gestalt auf dem Weg ausmachte.

»Da ist er«, flüsterte Emma.

Kevin nickte stumm.

Der Mann mit dem Regenponcho war keine zehn Meter mehr von dem Abfallbehälter entfernt. Er ging schnell, zielstrebig, hatte den Kopf dabei gesenkt, seinen Blick auf die Pflastersteine gerichtet.

»Es ist so weit«, flüsterte Kevin.

Seine Schwester sah ihn neugierig an. Sie hatte den Kaugummi mit ihren weißen Schneidezähnen gepackt. Ihre Lippen waren leicht geöffnet, ihre Kaubewegungen wurden schneller.

Die Geschwister hatte ein seltsames Fieber gepackt.

Der Mann im Poncho hatte den Abfallbehälter in diesem Augenblick erreicht. In seiner Hand hielt er etwas, das er sofort in dem dunklen Schlitz des aufgehängten Korbs verschwinden ließ.

Nur jemand, der genau hinsah, hätte in dem Gegenstand eine braune Papiertüte erkennen können. Jemand wie Emma Hauser und ihr Bruder.

Kevins Hand stahl sich unter seinen Kapuzenpullover. Er hatte sich die Pistole unter seinen Hosenbund gesteckt.

Er zog sie heraus, wog die Waffe für zwei Sekunden in der Hand und entsicherte sie.

Emmas Blick war auf den nassen schwarzen Stahl gerichtet. Etwas daran schien sie über alle Maßen zu faszinieren. Sie rückte nicht von ihrem Bruder ab, sah ihn weiter an, bis beide ihre Aufmerksamkeit auf den Mann beim Abfallbehälter richteten.

Kevin Hauser begann heftiger zu atmen, schneller, mit offenem Mund. Regen floss an seinem Gesicht herab, perlte über seine Lippen. Sein Körper spannte sich.

Emma Hauser registrierte jede Bewegung ihres Bruders. Sie schien sie geradezu in sich aufzusaugen.

Ein Ruck ging durch ihren Bruder.

Mit gezogener Pistole schoss Kevin Hauser in die Höhe und setzte über den Rand der Aussichtsdüne hinweg.

***

Der Regen behinderte seine Sicht. Schleierartig trieb er von Westen her über die Insel und kühlte die Luft spürbar herunter.

Mattern behielt den Mann vor ihm im Auge. Eben war er stehen geblieben. Er befand sich am Abfallbehälter in der Nähe des *Utkiekers* und schien seinerseits Ausschau nach etwas oder jemandem zu halten. Gewollt oder nicht ahmte er dabei die Haltung der übergroßen Skulptur nach.

Mattern hielt die Zeit für gekommen, Hauser zu stellen. Der Kommissar war inzwischen überzeugt davon, dass hier eine Verabredung stattfand. Vielleicht wusste Hauser inzwischen mehr. Vielleicht hatte er erfahren, wer für den Mord an seiner Frau verantwortlich war.

Der Ermittler hielt auf die Stelle zu. Noch hatte Hauser ihn nicht bemerkt. Der Mann drehte ihm den Rücken zu, noch immer konzentriert und mit suchendem Blick.

Mattern wollte etwas rufen, als plötzlich hinter der Plattform eine weitere Gestalt auftauchte. Der Kommissar nahm sie im ersten Augenblick nur schemenhaft wahr. Eine huschende Bewegung.

Der andere sprang in einem weiten Satz auf Hauser zu und blieb in etwa drei Metern Entfernung breitbeinig vor ihm stehen.

Mattern riss die Augen auf, als er die Pistole in den Händen des jungen Mannes registrierte, den er erst jetzt als Kevin Hauser erkannte. Und sofort erfasste der Kommissar die Situation. Kevin schien nicht einmal wahrzunehmen, wer da vor ihm stand. Seine Augen waren zu schmalen Schlitzen verengt, und es wurde deutlich, dass der junge Mann unter höchster Anspannung stand.

Der Regen trieb in sprühendem Nebel über die Aussichtsplattform.

Durch Stefan Hausers Gestalt ging ein Ruck. Auch er hatte die Gefahr inzwischen erkannt. Er riss in einer verzweifelten Geste seine Arme in die Höhe.

»Halt!«, brüllte Mattern gegen das Rauschen des Regens an. »Nicht schießen!«

Der scharfe Knall übertönte seine Worte. Mattern sah, wie Stefan Hauser zusammenzuckte, wie sich sein Körper verkrampfte, wie er sich vornüberbeugte, um einen Schritt nach vorne zu taumeln, auf den Schützen zu.

Hauser wankte.

Mattern rannte auf ihn zu, hatte ihn nach zwei Sekunden erreicht. Genau in dem Augenblick, in dem Hauser das Gleichgewicht verlor. Seine Knie knickten ein.

Mattern griff aus einem Reflex zu, um ihn zu stützen.

Hauser presste sich beide Hände auf seine Brust. Hellrotes Blut sickerte ihm durch die Finger.

»Hauser«, rief Mattern, während er den erschlaffenden Körper des Mannes langsam zu Boden sinken ließ.

Doch der Mann hörte nichts mehr. Sein Blick war bereits gebrochen. Er starrte an der Skulptur des *Utkiekers* hinauf.

»Scheiße«, flüsterte Mattern. Er ließ von Hauser ab und registrierte, dass Blut an seinen Händen klebte.

Vor ihm, noch immer auf derselben Stelle, stand Kevin Hauser.

Er hielt die Pistole in beiden Händen, die in diesem Moment nach und nach herabsackten. In gleichem Maße wie ein Zittern durch den Körper es jungen Mannes zu laufen begann. Es hatte ihn in der nächsten Sekunde bereits voll erfasst.

Seine Lippen bebten. Seine geröteten Finger waren nicht mehr in der Lage, die Waffe zu halten. Sie fiel mit einem klappernden Geräusch zu Boden.

Aus dem Hintergrund löste sich eine zweite Gestalt, kam langsam durch den Regen näher und wurde zu Emma Hauser.

Die junge Frau sah auf die verkrümmte Gestalt am Boden, schluckte etwas herunter, was ein Kaugummi gewesen sein konnte, bevor ihr Blick weiter zu ihrem Bruder wanderte.

Niemand von ihnen sprach ein Wort.

Mattern bückte sich nach der Pistole und nahm sie an sich.

## Kapitel 21

Die Tür öffnete sich vor Wiebke Eden.

Ronald Lackmann blickte sie an. Ein irritierter Ausdruck lag auf seinem Gesicht.

»Sie sind es«, sagte er trocken, als er die Tür freigab. »Ich dachte schon …«

»Sie dachten, Herr Hauser könnte nochmal zurückgekommen sein?«

»Ja, um ehrlich zu sein: Genau das dachte ich. Wollen Sie nicht reinkommen? Sie sind ja patschnass geworden.«

Die Kommissarin nickte dem Unternehmer zu, während sie über die Schwelle trat.

Regen tropfte von ihrer Kleidung auf den Fußboden und bildete schnell eine kleine Lache im Flur.

»Tut mir leid«, sagte Wiebke. Das stimmte nicht wirklich, aber sie hielt es in diesem Augenblick für höflich und angemessen.

»Schon gut.« Lackmann bedeutete der Kommissarin, ihm zu folgen.

»Können Sie mir sagen, was Herr Hauser hier gewollt hat?«

Am Durchgang zur Küche drehte sich Lackmann zu ihr um. »Er suchte seine Kinder, soweit ich weiß.«

»Hier bei Ihnen?« Die Inselpolizistin hob fragend ihre rechte Braue.

»Mein Haus ist so gut wie jeder andere Ort hier auf der Insel, oder nicht? Und mal abgesehen davon: Ist es nicht wahrscheinlich, dass eines der Kinder früher oder später hier auftauchen könnte? Um den Mann kennenzulernen, der … ohne es zu wissen, selbstverständlich … ihnen ihre Mutter weggenommen hat?«

»Und war es so?«, fragte Wiebke. »Ist einer von ihnen hier gewesen? Am Ende vielleicht sogar beide?«

»Warum setzen wir uns nicht in die Küche und besprechen alles in Ruhe zusammen? Ruth … Frau Falsung kann uns einen Tee machen. Oder hätten Sie lieber Kaffee?«

Wiebke folgte Lackmann in die Küche, nickte dabei dem jungen Falsung und seiner Mutter zu.

»Sie haben meine Frage noch nicht beantwortet«, bemerkte die Kommissarin, als sie sich Falsung gegenüber auf der Bank niederließ.

Der Hausherr gab seiner attraktiven Hausdame ein Zeichen.

Ruth Falsung nickte daraufhin und füllte Wasser in einen verchromten Wasserkocher, der kurz darauf angenehm leise zu zischen begann.

»Die Kleine ist hier gewesen«, erklärte Lackmann schließlich, als er sich an der Längsseite des Tisches auf einem Stuhl niederließ. Er ächzte dabei wie ein alter Mann. »Ich glaube, ihr Name ist Emma.«

»Was hat sie gewollt? Jetzt sagen Sie bitte nicht, dass sie ihren Vater gesucht hat.«

Lackmann stieß ein leises Schnauben aus und verzog sein Gesicht zu einer gequälten Grimasse.

»Das kleine Aas wollte Geld von mir, stellen Sie sich das nur mal vor.«

»Wie … Geld? Einfach so, oder wie?«

Der Unternehmer verschränkte seine Arme vor der Brust. Der Wasserkocher begann, eine Dampfwolke auszustoßen, die gegen die Fensterscheibe in der Küche schlug und sie für einen Moment blind machte.

»Keine Ahnung. Sie hat sich wohl eingebildet, hier etwas abstauben zu können. Aber nur, weil ich ihre Mutter gerne und oft beschenkt habe, bedeutet es nicht, dass ich bei der Tochter damit fortfahre.«

»Das haben Sie ihr auch so gesagt, nehme ich an«, antwortete Wiebke. Ihr Blick wanderte zu Michael Falsung hinüber. »Sie waren ebenfalls hier, vermute ich, und können das Ganze sicher bezeugen?«

Der Surflehrer schenkte seinem Gegenüber ein gewinnendes Lächeln und breitete kurz seine Arme aus. »Aber sicher. Meine Mutter ebenso. Stimmt's, Mama?«

Ruth Falsung goss kochendes Wasser in die Porzellankanne mit dem Teesieb. Sie wandte kurz den Kopf und nickte abwesend.

»Mit Verlaub«, schaltete Lackmann sich wieder ein, »Sie haben meine Frage auch noch nicht beantwortet.«

Wiebke blinzelte ihn an. »Welche Frage?«

Lackmann lächelte. »Kaffee? Oder lieber Tee?«

Die Kommissarin deutete zu Ruth Falsung hinüber. »Tee, bitte.« Ihr Blick kehrte zu Lackmann zurück.

»Was ist mit Hausers Sohn Kevin? Haben Sie ihn auch gesehen?«

»Nein«, gab Lackmann zurück. Er grinste. »Aber was nicht ist, kann ja vielleicht noch werden. Der Tag ist ja noch lang.«

Der Hausherr lehnte sich auf seinem Stuhl zurück, als Ruth Falsung die Teetassen auf dem Tisch abstellte. Dabei verschränkte er die Arme hinter seinem Kopf.

Die Hemdärmel rutschten ein Stück weit nach oben und ließen am linken Arm neben viel gebräunter Haut auch eine protzige silberne Armbanduhr erkennen.

Und plötzlich fügte sich für die junge Kommissarin alles zusammen. Sie sah das ganze Bild vor sich. All die vielen Mosaiksteinchen hatten mit einem Mal den ihnen angestammten Platz gefunden. Sie war von der Wirkung überwältigt, geradezu schockiert.

»Stimmt etwas nicht?«, fragte Lackmann, nachdem Ruth Falsung den Tee serviert hatte. Die Haushälterin stellte ein kleines Tablett mit Sahne und Milch dazu.

»Nein, nein«, beeilte sich Wiebke zu versichern. Dabei rasten ihre Gedanken noch immer, und sie hatte Mühe, sie in eine geordnete Reihenfolge zu bringen.

Sie wusste, wer Britta Hauser getötet hatte und warum.

»Eine auffällige Uhr tragen Sie da«, sagte sie und deutete auf das linke Handgelenk ihres Tischnachbarn.

Lackmann ließ seine Arme sinken. Sein Gesicht zeigte einen leicht beunruhigten Ausdruck.

»Freut mich, wenn Sie Ihnen gefällt«, antwortete er.

»Das habe ich nicht gesagt«, bemerkte die Kommissarin. »Ich finde sie klobig und ziemlich angeberisch, wenn Sie meine ehrliche Meinung hören wollen.«

»Ah ja?«, schnappte Lackmann. »Dafür kann ich nichts. Die Uhr ist ein Geschenk von Ruth.«

»Sieh an«, sagte Wiebke Eden. Ihr Blick wanderte zu Falsung hinüber. »Hat Ihnen Ihre Mutter auch so eine geschenkt?«

Falsung hatte seine Hände in seinem Schoß gefaltet. »Nein. Warum sollte sie?«

Er wechselte einen kurzen Blick mit seiner Mutter, die die Unterhaltung von der Küchenzeile aus interessiert verfolgte.

»Würde es Ihnen etwas ausmachen, mir Ihren linken Arm zu zeigen, Herr Falsung?«

Lackmann reagierte verwirrt. Er blickte von einem zum anderen. »Was soll das?«, fragte er. »Warum soll Michael Ihnen …«

Wiebke Eden brachte den Mann mit einer Handbewegung zum Schweigen. »Würden Sie oder würden Sie nicht, Herr Falsung?«

Für die Dauer einiger Sekunden sagte niemand etwas. Das leise Ticken der Küchenuhr und das Geräusch des langsam nachlassenden Regens waren die einzigen Laute.

Falsungs Gesicht schien wie versteinert. Wie in Zeitlupe und als würden sie plötzlich Zentner wiegen, legte er seine Arme auf die Tischplatte.

»Was erhoffen Sie sich davon?«, fragte er ruhig. Er lächelte wieder. Wiebke konnte sich vorstellen, dass dieser Blick und dieser Gesichtsausdruck zu Falsungs effektivsten Waffen gehörten, wenn es darum ging, am Strand nach einer weiblichen Wochenendbekanntschaft Ausschau zu halten.

»Vielleicht krempeln Sie einfach mal Ihren linken Ärmel auf«, schlug Wiebke vor. Sie unterstrich ihre Worte mit einer entsprechenden Handbewegung.

Falsung lachte leise auf, blickte erst zu Lackmann, dann zu seiner Mutter hinüber. Scheinbar widerwillig beugte er sich leicht vor und öffnete den Knopf seines linken Hemdärmels. Er krempelte ihn ein Stück weit auf, fast bis zum Ellenbogen hinauf. Falsungs muskulöser Arm lag jetzt ausgestreckt auf dem Tisch.

Die Anwesenden blickten auf die nahtlose Bräune seiner Haut.

»Können Sie mir vielleicht mal erklären, was Sie da zu sehen hoffen?«, fragte Lackmann.

Wiebke war verunsichert. Und doch konnte sie sich nicht getäuscht haben. Es passte alles zusammen. Bis auf …

Sie wurde aus ihren Gedanken gerissen, als Lackmann seine Frage wiederholte.

»Im Haus Ihres Nachbarn wohnt eine junge Frau«, antwortete die Kommissarin mechanisch. »Sie ist Französin, und ihr Name ist Sylvie Latour. Ich bin davon überzeugt, dass Sie drei sie kennen.«

Lackmann zuckte mit den Schultern. »Ja und? Was ist mit ihr?«

»Sie ist vor wenigen Tagen überfallen worden«, erklärte die Polizistin. »Das Ganze hat sich am späten Abend beziehungsweise in der Nacht abgespielt. Und zwar am Eingang zu dieser Straße. Frau Latour wurde von einem Unbekannten hinterrücks überfallen und in ein Gebüsch gezerrt. Dabei kam aller Wahrscheinlichkeit nach ein Betäubungsmittel wie Chloroform zum Einsatz. Der Täter hatte die Absicht, sein Opfer zu vergewaltigen.«

»Was soll das heißen … die Absicht?« Falsung blickte die Kommissarin ernst an. Erst jetzt hob er seinen Arm und begann damit, den Ärmel seines Hemds wieder herunterzurollen.

»Das soll heißen, dass der Täter bei der Ausübung seiner Tat gestört wurde. Von einer Zeugin, die ebenfalls um diese Zeit in dieser Richtung unterwegs war. Diese Zeugin war niemand anderes als Britta Hauser.«

»Woher wissen Sie das?«, fragte Lackmann.

»Das Ergebnis unserer bisherigen Ermittlungen«, erklärte Wiebke offen.

»Und warum erzählen Sie uns das alles?« Ruth Falsung hatte sich zwei Schritte vorgewagt. Sie hatte eine Position neben ihrem Sohn eingenommen.

»Weil ich glaube, dass dieser Mann und der Mörder von Frau Hauser ein und dieselbe Person sind. Und er sitzt in diesem Augenblick hier mit mir am Tisch.«

»Aber hören Sie …«, presste Lackmann hervor. Sein Gesicht hatte eine hellere Farbe angenommen, das Blut wich daraus zurück.

»Moment«, warf Michael Falsung ein. Er fixierte die Beamtin mit einem bohrenden Blick. »Wie kommen Sie auf diesen Gedanken? Das würde mich schon interessieren.«

»Wirklich?«

»Ich hätte Sie sonst nicht gefragt.«

Wiebke setzte sich auf der Küchenbank aufrecht. Das Möbelstück knarrte leicht.

»Frau Latour war an jenem Abend benommen. Frau Hauser hat sich um sie gekümmert, hat sie zurück ins Haus Ihres Nachbarn Herrn Bense geschafft. Am Tag darauf war Britta Hauser wieder dort, um sich nach Sylvies Zustand zu erkundigen. Der jungen Frau ging es besser. Sie erklärte ihrer Retterin, dass sie den Mann, der sie überfallen hatte, nicht erkannt habe. Es sei alles zu schnell gegangen. Und ich bin geneigt, ihr zu glauben, dass sie die Wahrheit sagt. Eines jedoch hat sie klar und deutlich erkannt: die Armbanduhr des Täters. Und sie würde sie jederzeit wiedererkennen, wie sie mir heute bestätigt hat.«

Unwillkürlich schob Lackmann den Hemdärmel ein Stück weiter über sein linkes Handgelenk.

»Keine Sorge«, bemerkte die Kommissarin mit Blick auf den Unternehmer, »Sie meine ich nicht. Ich hatte vielmehr die Hoffnung, an Herrn Falsungs Handgelenk eine weiße Stelle zu finden. Dort, wo sich bis vor Kurzem noch seine Armbanduhr befunden hat. Die musste er natürlich in der Zwischenzeit verschwinden lassen, denn auch ihm war vermutlich längst der Gedanke gekommen, dass sie ihn verraten könnte. Ist es nicht so?«

Falsung stieß ein hartes Lachen aus. »Das ist eine ziemliche Anschuldigung, Lady. Wissen Sie, dass Sie als Polizistin für so etwas in Teufels Küche kommen können?«

»Ich hätte Ihnen all das nicht gesagt, wenn ich meiner Sache nicht sicher wäre«, gab Wiebke Eden gelassen zurück.

»Ach ja, tatsächlich?«

Sie beugte sich weiter vor, schob die unangerührte Teetasse beiseite. »Sie haben sich damit gebrüstet, dass Sie jede Frau auf der Insel rumkriegen könnten, wenn Sie es drauf anlegen.«

»Aber ...«

»Jede! Das waren Ihre Worte. Oder wollen Sie das bestreiten?«

»Ich habe es nicht nötig, etwas zu bestr...«

»Dann ist es ja gut! Sie haben es sich zu einer Art Sport gemacht, richtig? Sie haben es darauf angelegt, mit so vielen Frauen wie möglich zu schlafen. Muss doch herrlich sein, oder? Den ganzen Tag am Strand. Junge Mädels, denen man was vormachen kann, vielleicht die eine oder andere gelangweilte Ehefrau. Wie muss dann erst die hübsche junge Französin aus dem Nachbarhaus auf Sie wirken?«

Wiebkes Blick funkelte.

Falsung beugte sich weit über die Tischplatte. »Jetzt haben Sie eine Grenze überschritten. Sie sollten von nun an besser aufpassen, was Sie sagen.«

»Mir machen Sie keine Angst«, antwortete Wiebke. »Wollen Sie noch mehr hören? Ich sage Ihnen auf den Kopf zu, dass Sie es bei ihr probiert haben. Alles andere wäre komplett wider Ihre eigene Natur. Sie haben versucht, die junge Frau rumzukriegen. Mehr als einmal. Und Sylvie? Sie hat Sie abblitzen lassen. Und genau das ist etwas, das Sie nicht gewohnt sind. Zurückgewiesen werden ist eine Sache, mit der Sie nicht zurechtkommen. Und das hat Sie nur noch mehr angestachelt, habe ich recht? Und Sie ... Sie wussten dabei nicht mal, dass Sie niemals Erfolg bei ihr haben würden. Sylvie Latour ist nämlich lesbisch. Sie hatte eine Freundin in Vichy. Ihr gemeinsames Bild steht drüben im Nachbarhaus auf ihrem Nachttisch. Aber all das haben Sie nicht gewusst. Und deswegen beschlossen Sie, sich mit Gewalt zu nehmen, wonach Sie so lange schon gegiert haben. Ihr Pech war nur, dass Britta Hauser um die Zeit auf dem Weg hierher war. Sie hörte die Geräusche und rief etwas. Sie gerieten in Panik und nutzten die Gelegenheit zur Flucht.«

Falsung fuhr sich mit der Hand über seine Oberlippe. »Das ist pure Verleumdung. Ich werde Sie dafür anzeigen.«

Wiebke Eden zeigte sich weiter unbeirrt. »Danach begann eine schreckliche Zeit für Sie. Eine Zeit des Wartens. Sie wussten weder, ob die Französin Sie erkannt hatte oder Britta Hauser. Was taten Sie also? Zunächst einmal musste die verräterische Armbanduhr verschwinden. Zusammen mit dem Chloroform und der Kleidung, die Sie in jener Nacht getragen haben. Was dann? Weiter warten natürlich. Darauf, ob eine der beiden Frauen sich Ihnen gegenüber zu erkennen geben würde. Aber das passierte nicht, richtig? Und so begannen Sie, sich mehr und mehr in Sicherheit zu wiegen. Bis zu dem Abend, als Britta Hauser sich mit Sylvie Latour im Kino verabredete. Sie wussten, dass das kein Zufall sein konnte. Vielleicht sind Sie den beiden nach, hm? Vielleicht haben Sie sogar das entscheidende Gespräch belauscht. Und so erfuhren Sie, dass Sylvie tatsächlich keine Ahnung hatte. Sie hat Sie nicht erkannt. Aber sie beschrieb Britta Hauser die Armbanduhr. Und Frau Hauser wusste von nun an, wer der Täter war, denn sie kannte die Uhr. Immerhin gingen Sie beide hier täglich ein und aus. Und was taten Sie? Sie ließen der Frau keine Chance, ihr Geheimnis weiterzuverbreiten oder gar damit zur Polizei zu gehen. Sie fingen sie noch in derselben Nacht ab. Vielleicht redeten Sie noch mit ihr. Zwei Stunden. Vielleicht sogar drei oder vier. Vielleicht hatten Sie tatsächlich die Hoffnung, Britta Hauser durch Worte oder Drohungen einschüchtern zu können. Aber irgendwann im Morgengrauen war diese Hoffnung zusammengeschrumpft und Sie beschlossen, Ihren Plan B auszuführen. Sie stachen auf Britta Hauser ein, töteten sie und ritzten ihr dann noch das Wort *Hure* in die Stirn, um den Verdacht von sich abzulenken. Eine ziemlich plumpe und naive Methode, ein Verbrechen verschleiern zu wollen. Ich habe nie daran geglaubt.«

»Sieh mal an«, sagte Falsung. »Und das ist alles, ja? Sie wollen … Sie wollen mich überführen anhand meines Lebenswandels?« Er lachte laut auf. »Ja, ich gebe zu, dass ich gerne mit Frauen schlafe. Mit jeder, die es will. Und ja, ich habe es auch bei der Kleinen da drüben versucht. Aber Sie werden mir niemals beweisen können, dass ich mehr getan habe als das. Und schon gar nicht werden Sie mir einen Mord anhängen!«

»Wissen Sie«, entgegnete Wiebke Eden, »eine Sache kam mir schon recht früh reichlich merkwürdig vor. Als Mattern und ich Sie draußen vor dem Haus das erste Mal trafen, gaben Sie an, dass Sie die fragliche Nacht auf dem Festland, in Ihrem Haus in Jever, verbracht haben.«

»So war es ja auch.«

»So war es ganz sicher nicht«, hielt die Kommissarin dagegen. »Denn wenn das wirklich der Fall gewesen wäre, warum haben Sie dann nicht gleich erwähnt, dass Ihre Mutter Ihre Aussage bestätigen könnte? Sie hätte Ihnen doch ein Alibi geben können. Zugegeben, kein wirklich wertvolles, aber doch immerhin ein Alibi.« Wiebke Eden legte eine kurze Pause ein.

»Die Wahrheit ist«, fuhr sie leise fort, »dass weder Ihre Mutter noch Sie in der Nacht in dem Haus waren. Sie waren beide hier auf der Insel.«

»Das ist eine Lüge«, antwortete der Surflehrer.

Ruth Falsung gab einen leisen Laut von sich. Etwas Unkontrolliertes, das nahezu selbstständig über ihre Lippen gekommen war. »Ich habe …«

»Du hältst den Mund, Mama!«, rief ihr Sohn dazwischen. Er wandte seinen Blick wieder der Kommissarin auf dem Platz gegenüber zu.

»Ist das alles?«, fragte er.

Die Kommissarin schüttelte aufreizend langsam den Kopf.

»Es dürfte keine Schwierigkeiten bereiten, Ihre Kursteilnehmerinnen der letzten Tage und Wochen ausfindig zu machen. Zeuginnen im Überfluss, von denen sicher einige in der Lage sein dürften, die Armbanduhr zu beschreiben, die Sie getragen haben. Ich tippe auf ein auffälliges Modell. Natürlich wasserdicht. Ich werde diese Aussagen mit der Beschreibung Sylvie Latours vergleichen.«

»Weiter«, forderte Falsung sein Gegenüber auf.

»Frau Latour hat ihre Kleidung von jenem Abend aufgehoben. Sie hat sich davor geekelt und wollte sie wegwerfen. Wir haben Glück, dass sie es nicht getan hat. Wir werden sie nun im Labor auf mögliche DNA-Spuren untersuchen lassen. Und das Ergebnis würden wir gerne mit Ihrer DNA vergleichen.«

»Und wenn ich dabei nicht mitmache?«, platzte es aus Falsung heraus. Seine Augen waren weit aufgerissen.

Wiebke Eden sah ihn über den Tisch hinweg an. »Sie sind Linkshänder, richtig?«

Falsung antwortete nicht. Sein Blick hatte einen fiebrigen Ausdruck angenommen.

»Das hatte ich nicht bedacht. Die meisten Linkshänder tragen ihre Armbanduhr am rechten Arm.« Sie wandte sich an Lackmann, der das Gespräch mit offenem Mund verfolgte.

»Würden Sie wohl mal an Falsungs Arm nachsehen?«

Der Surflehrer wollte seinen Arm wegziehen, doch Lackmann war schneller. Er bekam den Hemdärmel zu fassen und riss ihn in einer einzigen Bewegung der Länge nach auf.

Kurz oberhalb von Falsungs Handgelenk war ein weißer Streifen auf seiner Haut erkennbar.

»So viel dazu, Falsung«, sagte Wiebke Eden.

Falsung schrie auf. Gleichzeitig stemmte er mit beiden Händen die wuchtige Tischplatte nach oben und katapultierte sie in Wiebkes Richtung.

Die Kommissarin sah die Aktion im letzten Augenblick kommen und reagierte dennoch zu spät. Sie riss reflexartig ihre Arme nach oben, um dem Aufprall die stärkste Wucht zu nehmen.

Schreie wurden laut. Tassen, Geschirr und die Vase auf dem Tisch flogen durcheinander und zersplitterten auf dem Boden oder an der gegenüberliegenden Wand.

Wiebkes Ellenbogen erhielten einen harten Schlag, der sie auf die Bank zurück katapultierte.

Lackmann rief etwas, das die Kommissarin nicht verstand. Vielleicht brachte er sich auch nur in Sicherheit.

Der Aufprall hatte Wiebke den Atem geraubt. Sie versuchte, sich aufzurappeln, doch plötzlich war Falsung neben ihr.

Mit einer blitzschnellen Bewegung griff er nach dem Hüftholster der Beamtin und zog ihre Dienstwaffe heraus.

Falsung entsicherte die Pistole und schoss.

Wiebke Eden hatte sich fallen lassen. Die Kugel jagte über sie hinweg, schlug irgendwo gegen das Mauerwerk und jaulte als Querschläger zur Seite weg.

Die Kommissarin befand sich auf dem Fußboden. Vor ihr Lackmanns umgekippter Stuhl, nach dem sie griff wie nach einem Rettungsanker. Rasch kam sie damit in dic Höhe.

Michael Falsung wirbelte herum, nahm die Beamtin erneut ins Visier. Sie standen zwei Meter auseinander. Es war nahezu unmöglich, die Polizistin zu verfehlen.

Genau das wusste Falsung.

Wiebke schleuderte den wuchtigen Stuhl nach ihrem Gegner.

Falsung warf sich in letzter Sekunde nach links. Der Stuhl schmetterte mit einem hellen Geräusch gegen die Wand und zerbrach in mehrere Einzelteile.

Wiebke Eden war in der Enge der Küche gefangen. Sie visierte den Ausgang an. Sie könnte es schaffen, wenn sie sich beeilte. Alles war besser, als es nicht zu versuchen.

Ihr Gegner brachte sich erneut in Schussposition.

Die Kommissarin wusste, dass sie an dieser Stelle ihr Glück verlassen musste. Noch einmal würde Falsung nicht danebenschießen.

Er hielt die Waffe in der linken Hand, seinen Arm gerade gestreckt. Sein Zeigefinger krümmte sich um den Abzug.

Ein Aufschrei. Eine Bewegung von rechts.

Ruth Falsung packte in einer verzweifelten Aktion den Arm ihres Sohnes und drückte ihn herunter. Ein Schuss entlud sich. Die Kugel schlug in den Dielenboden und riss lange Splitter heraus.

Wiebke katapultierte sich nach vorne. In dem Augenblick, in dem sie Falsung erreichte, spie die Pistole mit ohrenbetäubendem Knall ein weiteres Geschoss aus.

Ruth Falsung zuckte zusammen und glitt mit weit aufgerissenen Augen an ihrem Sohn herunter.

Wiebke Eden trat nach Falsungs Handgelenk.

Der Mann schrie vor Schmerz und Wut auf. Die Pistole löste sich aus seiner Hand und schlitterte über den Boden bis zur Küchentür.

Die Kommissarin hechtete hinterher, stieß sich im Laufen ab und landete bei dem Durchgang. Noch im Fallen nahm sie die Pistole auf, rollte über ihre Schulter ab und kam in der nächsten Bewegung bereits wieder in die Höhe.

Falsung flog auf sie zu. Sie drückte ab.

Ein Schrei und ein dumpfer Aufprall. Falsung ging direkt neben seiner Mutter zu Boden, presste dabei eine Hand auf sein linkes Knie.

Irgendwo wurde eine Tür aufgerissen. Harte Schritte näherten sich.

Matterns Gesicht tauchte im Durchgang auf.

## Kapitel 22

Die Villa war ein Ort der Stille geworden. Unheimlich. Voller Schatten. Nicht einmal mehr das Prasseln auf dem Dach war noch zu hören. Der Regen war in einen feinen Sprühnebel übergegangen, und auch wenn die Wolkendecke hier und dort bereits wieder aufzureißen begann, fand doch scheinbar kein Lichtstrahl mehr seinen Weg in das Haus von Ronald Lackmann.

Die Küche glich einem Trümmerfeld. Der umgestürzte Tisch, überall Glassplitter auf dem mit Blut verschmierten Fußboden. Daneben die Leiche von Ruth Falsung, notdürftig abgedeckt mit einem Bettlaken.

Michael Falsung waren Handschellen angelegt worden. Kommissarin Wiebke Eden führte den Mann durch den Flur. Durch den dürftig angelegten Verband um sein rechtes Knie sickerte das Blut. Falsungs bleiches Gesicht war zu einer Fratze verkommen. Verzerrt, mit schweißnassem Haar.

Er sagte kein Wort mehr, gab nur zischende Laute von sich, wann immer er sich humpelnd von einem Ort zum anderen bewegen musste.

Ronald Lackmann war nur noch ein Schatten seiner selbst. Er stammelte unzusammenhängende Worte, bewegte sich von einer Ecke zur anderen, ohne dass eine bestimmte Absicht dahinter war. Er fragte nach den Leuten von der Spurensicherung und ob und für wie lange er sein Haus würde verlassen müssen.

Wiebke Eden riet ihm an, rechtzeitig ein paar Sachen zusammenzupacken.

Bevor sie Falsung abführte, trat der Hausherr noch einmal an die Kommissarin heran.

»Ich hatte keine Ahnung«, flüsterte er. Sein Atem roch nach Alkohol. Offenbar hatte er sich heimlich zwischendurch etwas genehmigt. Und warum auch nicht, dachte Wiebke. Wenn die Sache für ihn so erträglicher war …

»Keine Ahnung von all dem«, ergänzte er, dieses Mal noch leiser.

Wiebke öffnete die Tür und ließ Falsung in Handschellen ins Freie humpeln.

Draußen stand Mattern. Neben ihm Kevin Hauser, ebenfalls in Handschellen. Er hatte die Kapuze seines Pullovers über den Kopf gezogen, den er hängen ließ.

Falsung und Hauser. Zwei Männer, die auf seltsame Weise ein grausames Schicksal miteinander teilten. Für die Dauer weniger Sekunden begegneten sich ihre Blicke.

Auch jetzt sprach niemand ein Wort.

Keine Stunde später landete ein Hubschrauber der Polizei auf der Insel, der die beiden Männer hinüber aufs Festland brachte.

Der Regen hatte aufgehört. Die Straßen und Wanderwege der Insel begannen sich nach und nach wieder zu bevölkern.

Hinrich Mattern und Wiebke Eden sahen dem Hubschrauber nach, wie er langsam kleiner wurde und schließlich ganz aus ihrem Sichtfeld verschwand.

»Drei Tote«, murmelte Mattern. »Was für eine ...«

»Ich weiß«, fuhr ihm Wiebke Eden dazwischen.

»Eine furchtbare Vergeudung«, brachte der Hauptkommissar seinen Satz zu Ende. Er drehte sich zu seiner neuen Kollegin um. »Seit wann wussten Sie das mit Falsung?«

»Als ich Lackmanns Haus betrat, hatte ich noch keine Ahnung. Es hat sich in dem Moment einfach alles zusammengefügt.«

»Hm«, machte Mattern. Damit schien die Sache für ihn erledigt.

Hinter ihnen wurde ein Kläffen laut. Ein prachtvoller Golden Retriever hetzte in großen Sätzen auf sie zu und begrüßte Mattern überschwänglich.

»Ja, Marlowe«, rief Wiebke. »Ich hab dich schon vermisst. Wo kommst du denn jetzt her?«

Der Hund drehte sich zu der Kommissarin um und lief schwanzwedelnd um sie herum.

Wiebke fuhr ihm mit der Hand durch das dichte Fell.

»Hab meinem Nachbarn gesagt, dass er ihn herbringen soll«, grummelte Mattern.

»Sie meinen Doktor Gunther?«, hakte Wiebke nach.

»Ja. Grässlicher Kerl. Kann ihn nicht ausstehen, mit seiner ewigen Wichtigtuerei.«

»Was haben Sie denn jetzt vor?«, fragte Wiebke.

Mattern blickte in die Weite, auf den Strand und auf das Watt hinaus. »Ich weiß nicht, wie es Ihnen geht, aber ich brauche jetzt erstmal eine Prise Seeluft und einen anständigen Spaziergang. Ich muss diese ganzen Bilder loswerden.«

»Tun Sie das, Mattern. Ich werde in der Dienststelle schon mal den Kaffee aufsetzen. In Ordnung?«

Er drehte sich noch einmal zu ihr um. Zwinkerte. »Ziemlich gute Idee.«

Wiebke nickte ihrem Vorgesetzten zu und sah ihm noch eine Weile nach, wie er mit seinem Hund auf den noch leeren Strand zuhielt.

Auch sie atmete durch. Und seltsamerweise dachte sie in diesem Augenblick nicht an Rena Heitkamp, die eigentlich Britta Hauser gewesen war. Sie dachte auch nur flüchtig an die Hausers und an Ruth Falsung und ihren Sohn. Das alles würde noch kommen. Zwangsläufig kommen, wenn es an die Aufarbeitung des Falls und an die Akten ging.

Sie dachte an Heller. Er hatte ihr soeben eine Nachricht geschickt. Von seinem Handy aus. Was ein Ding der Unmöglichkeit war, denn Heller war nicht einmal in der Lage, selbstständig zu atmen. Und doch war es seine Nummer, die im Display ihres Handys aufleuchtete. Es gab keinen Zweifel.

Eine Textnachricht. Wiebkes Zeigefinger verharrte über dem kleinen Symbol auf ihrem Telefon.

Sie blickte in die Ferne, als würde sie sich von Mattern einen Rat erhoffen. Doch der war bereits außer Sichtweite, und außerdem ahnte er von alledem hier nichts. Im Grunde ging es ihn auch nichts an.

Das hier war eine Sache zwischen ihr und … Wiebke presste die Spitze ihres Zeigefingers energisch auf das kleine Symbol des Displays. Die Nachricht öffnete sich. Sie stammte tatsächlich von Heller und enthielt nur zwei Worte: *Bis bald!*

- E N D E -

## Ostfrieslandkrimi-Empfehlungen des Klarant Verlages

Kennen Sie auch schon die Ostfrieslandkrimi-Serie **»Die Inselkommissare«** von **Marc Freund**?

Ihren Dienst auf Langeoog beginnen die Inselkommissare Gerret Kolbe und Rieke Voss am gleichen Tag – und bekommen sich erstmal gewaltig in die Haare!

Doch sie raufen sich zusammen. Gerret Kolbe, der erfahrene Ermittler aus der Großstadt, der auf die vermeintlich friedliche ostfriesische Insel versetzt wird. In seine alte Heimat, die er aber schon als kleines Kind verlassen hat. Und Rieke Voss, die waschechte Ostfriesin und frischgebackene Kommissarin aus Wittmund.

Gemeinsam lösen Kolbe & Voss spannende Mordfälle auf Langeoog und im unmittelbaren Umfeld der Nordseeinsel.

**In der Serie sind bereits folgende Ostfrieslandkrimis erschienen:**

**»Langeooger Schampus«, Band 1**
**Taschenbuch-ISBN: 978-3-96586-243-2**
**eBook-ISBN: 978-3-96586-244-9**

Die neuen Langeooger Inselkommissare Gerret Kolbe und Rieke Voss haben ihren ersten grausigen Mordfall zu lösen. Die Spur führt zu ausschweifenden Partys auf der ostfriesischen Insel, bei denen der Schampus in Strömen fließt …

Doch zunächst beginnt der Fall mit einer Vermisstenmeldung: Kurz vor der geplanten Abreise stellt der Langeoog-Urlauber Hajo Scholten schockiert fest, dass seine Frau Marianne und der zehnjährige Sohn Marten plötzlich spurlos verschwunden sind. Die handschriftliche Notiz »Es tut mir leid« ist alles, was ihm bleibt.

Die Kommissare Gerret Kolbe und Rieke Voss sind sich schnell sicher, dass etwas Furchtbares geschehen sein muss.

Und tatsächlich lässt ein Leichenfund nicht lange auf sich warten. Die Ermittlungen führen zu einem geheimnisvollen Waldhaus. Offenbar nahm Marianne Scholten hier abends an dekadenten Partys teil, bei denen die attraktive junge Frau sich nur »Mary Ann« nannte. Hat einer der Partygäste im Champagner-Rausch die Kontrolle verloren? Oder steckt in Wirklichkeit etwas ganz anderes dahinter? Auch Hajo Scholten selbst macht sich nämlich durch widersprüchliche Angaben verdächtig. Irgendetwas ist auf der idyllischen Nordseeinsel völlig aus dem Ruder gelaufen …

**»Langeooger Gier«, Band 2**
**Taschenbuch-ISBN: 978-3-96586-271-5**
**eBook-ISBN: 978-3-96586-272-2**

**»Langeooger Zwielicht«, Band 3**
**Taschenbuch-ISBN: 978-3-96586-338-5**
**eBook-ISBN: 978-3-96586-339-2**

**»Langeooger Mörder«, Band 4**
**Taschenbuch-ISBN: 978-3-96586-393-4**
**eBook-ISBN: 978-3-96586-394-1**

**Klarant Verlag**

Lernen Sie die Ostfrieslandkrimi-Titel des Klarant Verlages kennen und besuchen Sie uns im Internet unter:

**www.ostfrieslandkrimi.de**

und

**www.klarant.de**

Sie können dort Näheres über unsere Autoren erfahren, viele weitere interessante Bücher und eBooks finden und Leseproben herunterladen. Mit dem kostenlosen Newsletter erhalten Sie aktuelle Informationen rund um das Verlags- programm, wie beispielsweise spannende Neuerscheinungen und Gewinnspiele.